सदाबहार सस्पेंस कहानियाँ

युवान बुक्स

युवान बुक्स

सदाबहार सस्पेंस कहानियाँ

ISBN : 978-93-92088-79-7

प्रथम संस्करणः 2023

प्रकाशक : युवान बुक्स
अनबाउंड स्क्रिप्ट का उपक्रम
2/41, अंसारी रोड, दरियागंज, दिल्ली-110002
वेबसाइट : www.unboundscript.com
ई-मेल : books@unboundscript.com
फोन नं. : 011-35807601

मुद्रक : विकास कम्प्यूटर एंड प्रिंटर्स
गाज़ियाबाद, उत्तर प्रदेश

मूल्य : ₹ 125/-

अनुक्रम

आदती हत्यारा

रोबर्ट ब्लोक

जब मैं होटल से बाहर निकला तब लगभग दस बज रहे होंगे। रात हल्की गर्म थी और मुझे एक ड्रिंक की जरूरत थी। होटल के कॉकटेल लाउंज में जाकर कोशिश करने का कोई मतलब नहीं था क्योंकि वह जगह एक पागलखाने जैसी हो गई थी।

यूक्लिड एवेन्यू से नीचे चलते हुए मुझे पता चला कि क्लीवलैंड बॉलर्स से भरा हुआ है। और उनमें से ज्यादातर एक ड्रिंक की ही तलाश में दिख रहे हैं। मैं जिस भी बार से गुजर रहा था वहाँ स्लीव वाली शर्ट पहने पुरुष दिख रहे थे जो बैज पहने हुए थे। ऐसा नहीं है कि उन्हें किसी और पहचान की आवश्यकता थी; उनमें से कई मानक बॉलिंग-बैग के साथ एक गेंद थामे हुए थे..

जब वाशिंगटन इरविंग ने रिप वैन विंकल और द ड्वार्फ्स के बारे में लिखा, तो उन्होंने बॉलर्स को ठीक तरह से समझा था। खैर, इस सम्मेलन में कोई ड्वार्फ(बौना) नहीं था-सभी नॉर्मल साइज के ड्रिंक करने वाले थे। और दूर पर्वत चोटियों से आने वाली कोई भी गड़गड़ाहट, यहाँ लोगों की चीख-पुकार और हँसी से खो जा रही थी।

मैं इससे थोड़ा बचना चाहता था। इसलिए एक शांत जगह की तलाश में मैं इधर-उधर भटकता रहा। मेरा अपना बॉलिंग बैग भारी हो गया था। असल में, मैं सोच रहा था कि इसे सीधे डिपो में ले जाऊं और ट्रेन के समय तक इसको लॉकर में रख दूं लेकिन मुझे उस ड्रिंक की जरूरत थी।

अंत में मुझे एक जगह मिल गई। यहाँ धुंधला अन्धेरा-सा था और ये थोड़ा सुनसान भी था। बारटेंडर बार के सबसे दूर छोर पर अकेला खड़ा था, रेडियो पर कुछ बज रहा था।

मैं दरवाजे के पास बैठ गया और बैग को अपने बगल वाले स्टूल पर रख दिया। मैंने उसे बीयर के लिए इशारा किया। "एक बोतल मेरे लिए," मैंने कहा, "फिर उसके बाद आपको बीच में परेशान नहीं करना पड़ेगा।" मैं केवल विनम्र होने की कोशिश कर रहा था। इतने में, एक और ग्राहक आ गया।

"डबल स्कॉच, थोड़ा जल्दी।"

मैंने ऊपर देखा। यह लगभग चालीस साल का भारी-भरकम आदमी था, जिसकी झुर्रियाँ उसके गंजे सिर के ऊपर तक फैली हुई थीं। उसने एक कोट पहना था और निश्चित तौर से बॉलिंग बैग लिए हुए था; उसका बैग काला, उभड़ा हुआ था, ठीक वैसे ही जैसा मेरा बैग था। मैं उसकी ओर घूर रहा था और वह अपने बगल के स्टूल पर बहुत सावधानी से बैठ गया और अपना ड्रिंक पीने लगा।

उसने एक ही झटके में पूरा ड्रिंक पी लिया। मैं उसकी गर्दन के पास चिपचिपी गोरी त्वचा को देख सकता था। उसने खाली गिलास अपने सामने रखा और बारटेंडर से कहा, "एक और ...और रेडियो बंद कर दो, क्या तुम बंद करोगे, मैक?" उसने मुट्ठी भर पैसे निकाले।

एक पल के लिए बारटेंडर ऐसा हो गया मानो वह मुस्कुराना भी चाह रहा है और उसे चिढ़ भी हो रही है। फिर उसने बार पर नोटों को लहराते हुए देखा और मुस्कान जीत गई। वह जरा उचका, और उसने मेरी ओर देखा। मुझे पता था कि वह क्या सोच रहा था: अगर तुम बियर पी रहे हो तो चाहे जितनी ही पी लो, किसे फर्क पड़ेगा, लेकिन ये आदमी तो स्कॉच खरीद रहा था।

दूसरा स्कॉच भी रेडियो के वॉल्यूम के साथ तेजी से खत्म हो गया।

"गिलास भर दो," भारी-भरकम आदमी ने कहा।

बारटेंडर वापस आया, उसने गिलास भर दिया, अपना पैसा लिया और बार के दूसरे छोर पर चला गया। वह रेडियो एनाउंसर की आवाज को पहचानने के लिए रेडियो पर झुक गया।

मैंने देखा कि तीसरा गिलास भी खाली हो चुका है। अजनबी की गर्दन अब लाल हो चुकी थी। दो मिनट में स्कॉच के छः औंस रंग बदल ही देते हैं। यह तो उसकी जीभ भी ढीली कर देगा।

"बॉल-गेम," अजनबी बड़बड़ाया, "मैं तो सोच भी नहीं सकता कि कोई इंसान इस बात को सुन भी कैसे सकता है।" उसने अपना माथा पोंछा और वह मेरी ओर मुड़ा। "कभी-कभी एक इंसान ऐसा सोचता है कि दुनिया में बेसबॉल प्रशंसकों के अलावा कुछ भी नहीं है। पागल मूर्खों का झुंड जो पूरी गर्मी में कुछ नहीं करते बस यही करते हैं। फिर पतझड़ शुरू होता है तो आ जाता है फुटबाल। वही पागलों का झुण्ड...बदतर ही हो जाता है। और ये खत्म होता है तो आ जाता है बास्केटबॉल। भगवान् ही जाने कि वे लोग इसमें देखते क्या हैं?"

"हर किसी को किसी न किसी तरह के शौक की जरूरत होती है," मैंने कहा।

"हां। लेकिन आप इसे किस तरह का शौक कहते हैं? मेरा मतलब है कि जानवरों की तरह एक गेंद को झपटने के लिए लड़ने वाले वानरों के गिरोह में किसको रुचि हो सकती है?" उसने भौंहें चढ़ाकर कहा। "मुझसे ये तो कहना मत कि उन्हें इसकी परवाह होती है कि कौन जीत रहा है या कौन हार रहा है। ज्यादातर लोग एक अलग ही कारण से बॉल गेम में जाते हैं। आप कभी कोई खेल देखने बाहर गए हैं, मैक?"

"कभी-कभी जाता हूँ।"

"तब तो आपको मालूम ही होगा कि मैं क्या बात कर रहा हूँ। आपने उन्हें वहां सुना है न। उन्हें चिल्लाते हुए सुना है न। वे वास्तव में यही करते हैं-सिर फोड़ने वाली बात है बस। और वे ज्यादातर समय क्या चिल्लाते हैं? मैं आपको बताउँगा। अंपायर को मार डालो! हाँ, वे यही चिल्लाते हैं: अंपायर को मार डालो!"

मैंने जल्दी से अपनी आखिरी बियर खत्म की और स्टूल से खिसकने लगा। वह मेरे पास आया और बार पर थपथपाया- "एक और लो, मैक" उसने कहा, "मेरी तरफ से।"

मैंने न में सिर हिलाया- "क्षमा करें, मुझे आधी रात को यहाँ से ट्रेन पकड़नी है," मैंने उससे कहा।

उसने घड़ी की तरफ़ देखा। "अभी बहुत समय है।" मैं फिर से न करने का अनुरोध करने के लिए मुँह खोल ही रहा था कि मैंने देखा कि बारटेंडर पहले से ही एक बोतल खोल रहा था और उस अजनबी के लिए स्कॉच डाल रहा था। और वह मुझसे फिर से बात करने लगा।

"फुटबॉल ज्यादा बुरा खेल है," उसने कहा, "एक आदमी को फुटबॉल खेलने में चोट लग सकती है, कुछ तो बुरी तरह घायल हो जाते हैं, लेकिन भीड़ तो यही देखना पसंद करती है। और लड़के जब खून खून चिल्लाना शुरू करते हैं तो ये आपके पेट में मरोड़ पैदा करने के लिए काफी हो जाता है।"

"मुझे नहीं पता," मैंने कहा, "आखिरकार, यह दबी हुई आक्रामकता को बाहर निकालने का एक बहुत ही हानिरहित तरीका है।"

शायद उसने मेरी बात को समझा या शायद नहीं भी समझा लेकिन उसने हाँ में सर तो हिलाया। "इससे लोगों की आक्रामकता तो बाहर निकालती है... लेकिन यह नहीं कहा जा सकता कि ये हानिरहित है। अब मुक्केबाजी और कुश्ती को ही लीजिए। इसे खेल कहते हैं? इसे शौक कहते हैं?"

"जी," मैं सहमत था, "लोग चाहते हैं कि कोई किसी को जकड़ ले।"

"जरूर, लेकिन वे इसे स्वीकार नहीं करेंगे।" उसका चेहरा अब काफी लाल था; उसे पसीना आने लगा था, "और शिकार और मछली पकड़ने के बारे में क्या ही कहा जाए? अगर आप इसको भी गहराई से देखें तो यहाँ भी वही बात है। बस यहाँ फर्क ये है कि इसमें आप हत्या खुद करते हो.. आप एक बंदूक लेते हो और किसी गूँगे जानवर को गोली मार देते हो। या आप एक जीवित कीड़ा काटकर हुक पर छिपा देते हो और वह उसे खाने के लिए आती है और काँटा उसके जबड़ों में फँस जाता है, जो आपके लिए ये रोमांच है, है न? जब हुक अंदर जाता है तो कट लगता है और आँसू बहते हैं-"

"अब एक मिनट रुकिए," मैंने कहा, "क्या आपको लगता है कि लोग परपीड़क हैं?"

"इन फालतू शब्दों का मुझ पर कोई असर नहीं होता," उसने बीच में टोका। उसने मेरी तरफ देखा.. "आप जानते हैं कि ये सच है। हर किसी को इस तरह की इच्छा होती है। बॉल गेम और बॉक्सिंग जैसी चीजें भी वास्तव में इसे संतुष्ट नहीं करती हैं। इसलिए हमें

बार-बार युद्ध करना होगा। फिर असली हत्या करने का बहाना है। लाखों हत्या करने का बहाना।"

नीत्शे ने सोचा कि वह एक उदास दार्शनिक था। उसे डबल-स्कॉच के बारे में पता होना चाहिए था। "आपके पास इसका क्या समाधान है?" मैंने अपनी आवाज से व्यंग्य को दूर रखने की कोशिश करते हुए कहा, "क्या आपको लगता है कि अगर उन्होंने हत्या के खिलाफ कानूनों को निरस्त कर दिया तो कम नुकसान होगा?"

"शायद।" गंजे सिर वाले आदमी ने अपने खाली गिलास को देखते हुए कहा। "यह निर्भर करता है कि कौन मर रहा है। मान लीजिए आपने अभी-अभी ट्रैम्प्स और बम्स को खटखटाया है। या एक फ्लोजी, हो सकता है। आपको पता है न कि परिवार, रिश्तेदार या किसी के भी बिना कोई व्यक्ति क्या है। कोई ऐसा जिसे याद करने वाला कोई नहीं है। आप भी इससे आसानी से बच सकते हैं।"

मैं आगे की ओर झुका और उसे घूरने लगा।

"क्या आप इससे बच सकते हैं?" मैंने पूछ लिया।

उसने मेरी तरफ नहीं देखा। उसने जवाब देने से पहले एक पल के लिए अपने बॉलिंग बैग को देखा।

"मुझे गलत मत समझो, मैक," उन्होंने मुस्कराते हुए कहा, "मैं कोई कातिल नहीं हूँ। लेकिन मैं बस उस आदमी के बारे में सोच रहा था जो ऐसा करता था। यहीं इसी शहर में। यह शायद बीस साल पहले की बात है।"

"आप उसे जानते थे?"

"नही बिल्कुल नही। उसे कोई नहीं जानता था, यही वास्तविकता है। इसी तरह तो वह हमेशा बच जाता था। लेकिन उसके बारे में सभी जानते थे। जिसके लिए बस इतना करना होता था कि आप अखबार पढ़ें।" उसने अपना ड्रिंक पिया।

"वे उसे क्लीवलैंड टोरसो स्लेयर कहते हैं। उसने चार साल में किंग्सबरी और जैकल हिल के आसपास तेरह हत्याएं कीं। पुलिस उसे ढूँढने के चक्कर में पागल हो गई। वह आवारा घूमने वाले लोगों को फुसला लेता था.. उन्हें एक शराब की बोतल में अपने चंगुल में कर लेता था और औरतों के साथ भी वह कुछ ऐसा ही करता था... तब वह एक चाकू का इस्तेमाल करता था।"

"आपका मतलब है कि वह खेल नहीं खेल रहा था बल्कि खुद को बेवकूफ बनाने की कोशिश कर रहा था। वह असली चीज के लिए गया था।"

आदमी ने हाँ में सिर हिलाया। "ये सही है। असली रोमांच और अंत में एक असली ट्रॉफी। आप देखिए कि उसे काटना पसंद था... उसे उनको काटना..."

मैं खड़ा हुआ और अपने बैग के लिए पहुंचा। अजनबी हँसा।

"डरो मत, मैक," उसने कहा, "वह आदमी तो 1938 में ही शहर से बाहर जा चुका है.. हो सकता है कि जब यूरोप में युद्ध हुआ तो वह वहां शामिल हो गया हो। किसी कमांडो आउटफिट में चला गया और यही काम वहां भी किया हो – तभी तो वह एक कातिल के बजाय एक हीरो था। देखो मेरा मतलब है?"

"अरे रिलैक्स..," मैंने कहा, "मुझे समझ आ रहा है कि आपका क्या मतलब है। इतना उत्साहित मत हो... यह आपका सिद्धांत है, मेरा नहीं।"

उसने आवाज नीची की। "सिद्धांत मैक? हो सकता है.. लेकिन मैंने आज रात कुछ ऐसा देखा है जो आपको वास्तव में हिला देगा.. आपको क्या लगता है कि मैं अपना ड्रिंक इतनी जल्दी क्यों पी रहा हूँ?"

"सभी बॉलर्स पीते हैं," मैंने उससे कहा, "लेकिन अगर आप वास्तव में खेल के बारे में वैसा महसूस करते हैं तो फिर आप बॉलर कैसे हैं?"

गंजे सिर वाला आदमी मेरे करीब झुक गया। "एक आदमी को किसी तरह का शौक होना चाहिए, मैक, वरना उसका सर फट जाएगा....। सही है न?"

मैंने सहमत होने के लिए अपना मुंह खोला, लेकिन इससे पहले कि मैं उसे जवाब देता, एक और शोर की आवाज हुई... हम दोनों ने इसे एक ही समय में सुना–सड़क पर साईरन की आवाज।

बारटेंडर ने ऊपर देखा। "इस तरफ ही आ रही है, ऐसा लगता है, है न?"

गंजे सिर वाला आदमी अपने पैरों पर खड़ा था और दरवाजे की ओर बढ़ रहा था।

मैं उसके पीछे दौड़ा। "अपना बैग मत भूलो।"

उसने मेरी तरफ नहीं देखा। "धन्यवाद," वह हल्के से बोला "धन्यवाद, मैक।"

और फिर वह चला गया था। वह सड़क पर नहीं रुका, लेकिन आसपास के दो भवनों के बीच से कहीं चला गया। क्षण भर में ही वह गायब हो गया था। मैं द्वार पर खड़ा था क्योंकि सायरन की चीख ने सड़क के शोर से दबा दिया था। एक दस्ते की कार बार के सामने आयी, ये मोटर रेसिंग वाली कार थी। एक वर्दीधारी सर्जेंट फुटपाथ पर उसके साथ चल रहा था, और वह फुसफुसाता हुआ आया। उसने फुटपाथ पर नजर डाली, बार की ओर देखा, फिर उसने मेरी तरफ देखा।

"बॉलिंग बैग लिए किसी बड़े से गंजे सिर वाले आदमी को देखा है?" उसने हाँफते हुए पूछा।

मुझे सच बताना ही था, "क्यों? हाँ.. हाँ। अभी बस एक मिनट पहले ही तो वह यहाँ से निकला है-"

"किस ओर?"

मैंने इमारतों के बीच इशारा किया और उसने स्क्वाड कार में बैठे पुरुषों को चीखकर बताया। कार उस ओर दौड़ी, सर्जेंट वहीं रहा।

"मुझे इस बारे में और बताओ," उन्होंने कहा, और मुझे वापस बार में ले गया।

"ठीक है, मैं बताता हूँ पर हुआ क्या और ये सब क्या है?"

"हत्या। बॉलिंग के दौरान होटल में। करीब एक घंटे पहले। बेलबॉय ने उसे अपने कमरे से बाहर आते देखा, उसे लगा कि शायद वह ग्रैब आर्टिस्ट है क्योंकि उसने लिफ्ट के बजाय सीढ़ियों का इस्तेमाल किया था।"

"ग्रैब आर्टिस्ट?"

"शिकारी-आपको पता है। वे खेलों में घूमते हैं, कमरों में घुस जाते हैं और सामान उठा लेते हैं। वैसे भी, यह शिकारी कमरे से बहुत जल्दी गायब हो जाता है। बेलबॉय ने लड़के को अच्छी तरह से देखा और प्राइवेट जासूस को पहचान लिया। जासूस ने इस महिला को बिस्तर पर पड़ा पाया। लेकिन उस आदमी की शुरुआत कुछ ज्यादा ही हो गई थी।"

मैंनें एक गहरी साँस ली। "वह आदमी जो अभी यहाँ था," मैंने कहा, "एक बड़ा गंजे सिर वाला आदमी। वह क्लीवलैंड टोरसो स्लेइंग के बारे में बात करता रहा। लेकिन मैंने सोचा कि वह सिर्फ नशे में था, या शायद ऐसे ही-"

"बेलबॉय के विवरण की जाँच हमारे खबरी से मिली है जिसने हमें सड़क के नीचे ही बता दिया था। उसने उसे इस तरफ आते देखा था। जैसा आप कहते हैं, एक बड़ा गंजे सिर वाला आदमी।"

उसने बॉलिंग बैग की ओर देखा। "वह उसे अपने साथ ले गया, है न?"

मेंने हाँ में सिर हिलाया।

उसने आह भरी। "इसी से तो हमें उसको ट्रेस करने में मदद मिली है, उसका बॉलिंग बैग।"

"किसी ने इसे देखा, इसके बारे में बताया?"

"नहीं, किसी को इसका हुलिया बताने की जरूरत नहीं है। यह एक निशान छोड़ गया है। ध्यान दें कि मैं वहाँ फुटपाथ पर कैसे दौड़ रहा था? मैं निशान का पीछा कर रहा था... और यहाँ-स्टूल के नीचे फर्श पर एक नजर डालें।"

मैंने देखा।

"आप देखिए, वह उस बैग में बॉलिंग बॉल नहीं ले जा रहा था। बॉलिंग बॉल्स लीक नहीं होती हैं।"

मैं स्टूल पर बैठ गया और मुझे ऐसा लगने लगा जैसे कमरा घूम रहा है। मैंने पहले खून नहीं देखा था।

फिर मैंने सिर उठाया। एक पुलिसकर्मी बार में आया। वह दौड़ रहा था, उसको देखकर लग रहा था कि घबराया सा है लेकिन उसका चेहरा लाल नहीं था। यह हरा-सफेद था।

"उसे पकड़ लिया?" सार्जेंट ने उसकी ओर देखकर पूछा।

"उसमें अब बचा क्या है।" पुलिसकर्मी ने दूर देखकर कहा, "वह नहीं रुका। हमने उसके सिर के ऊपर गोली चलाई, शायद आपने उसकी आवाज भी सुनी हो। उसने यहां ब्लॉक के पीछे की बाउंड्री लांघकर पटरियों की ओर भाग गया और सीधे जाकर मालगाड़ी से टकराया।"

"मर गया?"

पैट्रोल-मैन ने हाँ में सिर हिलाया। "लेफ्टिनेंट अभी वहाँ नीचे हैं, मांस गाड़ी के साथ। उन्हें उसे पटरी से हटाना होगा।"

सर्जेंट ने अपनी सांस के तहत धीरे से कसम खाई। "तब हम निश्चित तौर पर नहीं कह सकते," उन्होंने कहा, "शायद वह सिर्फ चुपके से चोरी करने वाला चोर था।"

"एक तरह से," पुलिसकर्मी ने कहा, "हैनसन उसके बैग के साथ आ रहा है। टकराते ही सारा सामान छूटकर नीचे गिर गया। "

दूसरा पुलिसकर्मी बॉलिंग बैग लेकर अंदर चला आया। सर्जेंट ने इसे हैनसन के हाथों से लिया और बार पर रख दिया।

"क्या वह यही ले जा रहा था?" उन्होंने मुझसे पूछा।

"हाँ" मैंने बोला। मेरी आवाज मेरे गले में अटक गई।

मैं थोड़ा दूर हट गया। मैं सर्जेंट को बैग खोलते हुए नहीं देखना चाहता था। जब उन्होंने अंदर देखा तो मैं उनका चेहरा भी नहीं देखना चाहता था। लेकिन निश्चित रूप से, मैंने उन्हें सुना। मुझे लगता है कि हैनसन बीमार हो गया।

मैंने सर्जेंट के अनुरोध पर उन्हें एक आधिकारिक बयान दिया। वह नाम और पता चाहता था और वह उसे मिल गया। हैनसन सब कुछ नीचे ले गए और मुझसे हस्ताक्षर करने को कहा।

मैंने उस अजनबी के साथ हुई सारी बातचीत उन्हें बताई, उसके शौक, सिद्धांत में हत्या का महत्व, लोगों को परपीड़क मानने का विचार, सब कुछ...

"जब आप इसके बारे में बात भी करते हैं तो अजीब सा लगता है, है न?" मैंने अपनी बात पूरी की, "हर समय, मैंने सोचा कि यह एक झूठ था, मजाक था।"

सर्जेंट ने बॉलिंग बैग की तरफ देखा, फिर मेरी तरफ देखा। "यह कोई झूठ नहीं है," उन्होंने कहा, "शायद इसी तरह हत्यारे के दिमाग ने काम किया। मैं उसके बारे में सब कुछ जानता हूं - फोर्स के सभी लोगों ने वर्षों तक उन टोरसो स्लेइंग मामलों का अध्ययन किया है। कहानी समझ में आ जाती है। कातिल बीस साल पहले शहर छोड़ गया था, जब चीजें बहुत ज्यादा चर्चा में आ गई थीं। संभवतः वह यूरोप में शामिल हो गया था, और हो सकता है कि युद्ध समाप्त होने पर वह व्यावसायिक देशों में रहा। फिर उसको लगा कि वापिस आना चाहिए और सब फिर से शुरू किया। "

"क्यों?" मैंने पूछ लिया।

"कौन जाने? शायद यह उसका एक शौक हो। एक तरह का खेल, जो उसने खेला। शायद उसे ट्राफियां जीतना पसंद था। लेकिन कल्पना कीजिए कि बॉलिंग में जाने और इस तरह एक स्टंट करने के लिए उसके पास क्या चीज थी? एक बॉलिंग बैग ले जाना ताकि वह-"

मुझे लगता है कि उन्होंने मेरे चेहरे पर नजर डाली क्योंकि उन्होंने अपना हाथ मेरे कंधे पर रख दिया था। "क्षमा करें," उन्होंने कहा, "मुझे पता है आप कैसा महसूस कर रहे हैं। आप भी बाल-बाल बच गए, सोचिए आप उससे बात कर रहे थे। शायद सबसे चतुर मनोरोगी हत्यारा जो कभी पैदा हुआ। आप अपने आपको भाग्यशाली समझें।"

मैंने हाँ में सिर हिलाया और दरवाजे की ओर चल दिया। मैं अब भी उस आधी रात की ट्रेन पकड़ सकता था। और मैं सर्जेंट की उस बात से सहमत था कि मैं उस मनोरोगी हत्यारे से बाल-बाल बच गया।

मैं सहमत था कि मैं भाग्यशाली था जो बच गया। मेरा मतलब है कि आखिरी पलों में तो मैं भाग्यशाली ही था, जब वह बेवकूफ चोर बार से भाग रहा था..और मैंने उसे वो बॉलिंग बैग दे दिया, जो लीक कर रहा था। मेरे लिए तो वाकई ये भाग्य की बात थी कि उसने कभी ध्यान ही नहीं दिया था कि मैंने उसके साथ अपना बॉलिंग बैग बदल लिया है।

❑❑❑

आख़िरी चाल

आर्थर कानन डायल

दो अगस्त की रात को 9 बजे थे- दुनिया के इतिहास में यह सबसे हौलनाक अगस्त था। किसी ने पहले सोचा ही होगा कि एक पतित दुनिया पर भगवान का शाप भारी पड़ा है। उमस और निस्पन्द हवा में नीरवता और अस्पष्ट चाहतें घुली हुई थीं। सूरज काफी पहले डूब चुका था, लेकिन सुदूर पश्चिम में एक खुले घाव की तरह लालिमा नजर आ रही थी। ऊपर, तारे चमक रहे थे और नीचे, खाड़ी में शिपिंग की रोशनी टिमटिमा रही थी। दो प्रसिद्ध जर्मन बगीचे की सैर करते हुए पत्थर की रेलिंग के पास खड़े थे। उनके पीछे लंबा, नीचा सा, भारी-भरकम ढलुआ छतों वाला घर था। उन्होंने चाक की विशाल चट्टान के पाद प्रदेश में फैले हुए घुमावदार बीच को देखा। जिस पर वॉन बोर्क किसी भटकते हुए बाज की तरह चार साल से खुद को बैठाए हुए है। वो ऐसे खड़े हैं जैसे उनके सर एक दूसरे से लगे हों। और बहुत गोपनीय अंदाज में बातें कर रहे हैं। उनके सिगार के दो चमकते सिरों के पीछे अंधेरे में किसी घातक शैतान की सुलगती आंखें होंगी।

वॉन बोर्क एक उल्लेखनीय आदमी है-एक ऐसा आदमी जो शायद ही कैसर के दूसरे समर्पित एजेंटों जैसा था। यह उनकी प्रतिभा ही थी कि अंग्रेजी मिशन के लिए सबसे पहले उन्हीं की सिफारिश की गई। वह मिशन, जो सबसे महत्त्वपूर्ण मिशन था, लेकिन जब उन्होंने इसको सम्भालना शुरू कर दिया तो उनकी प्रतिभा से दुनिया के आधा दर्जन और लोगों को फायदा हुआ। वो लोग जो सच के साथ थे। इनमें से एक उनके वर्तमान साथी, बैरन वॉन हेर्लिंग थे, जो लेगेशन के मुख्य सचिव थे। हेर्लिंग की 100-हॉर्स पावर वाली बेंज कार सड़क को ब्लॉक किए हुए थी। क्योंकि यह अपने मालिक को वापस लंदन ले जाने के लिए इंतजार कर रही थी।

"जहां तक मैं सारी घटनाओं के ट्रेंड को देख रहा हूँ, उससे लगता है कि आप एक हफ्ते के अन्दर बर्लिन वापस आ जाएँगे," सचिव कह रहे थे, "वॉन बोर्क प्यारे, जब आप वहां पहुंचेंगे, तो मुझे लगता है कि आपका स्वागत कुछ यूँ होगा कि आप आश्चर्य में पड़ जाएँगे। मुझे पता है कि आपके काम को लेकर ऊपर के लोगों में किस तरह की राय है।" वह एक बहुत बड़ा आदमी था, सचिव, गहरा, चौड़ा और लंबा था। उनके भाषण की कला उनके राजनीतिक करियर की मुख्य संपत्ति थी।

वॉन बोर्क हँसे।

"उन्हें धोखा देना मुश्किल नहीं है," उन्होंने कहा, "इससे ज्यादा विनम्र और सरल आदमी की कल्पना नहीं की जा सकती थी।"

"मैं इसके बारे में नहीं जानता," दूसरे ने सोच-समझकर कहा, "उनकी अजीब सीमाएँ हैं और हर किसी को उन्हें ध्यान से देखना चाहिए। ये उनकी ऊपरी सादगी ही है जो किसी अजनबी के लिए जाल बनाती है। पहले पहले किसी को भी लगेगा कि वे बेहद सौम्य आदमी हैं। फिर अचानक ही कुछ ऐसा होता है कि जो काफी कठिन हो जाता है। और आप वहाँ पहुँच जाते हैं जहाँ आपको इसे स्वीकारने और उसके अनुकूल खुद को ढलने के आलावा कुछ नहीं बचता। उदाहरण के लिए, उनके पास उनके संकुचित विचार हैं, जिन्हें बहुत ध्यान से देखा-समझा जाना चाहिए।"

"मतलब, 'गुड फॉर्म' और उसी तरह की चीज?" वॉन बोर्क ने ऐसे आह भरी जैसे वह बहुत कुछ सह चुका हो।

"मतलब अपने पूरे हावभाव में ब्रिटिश पूर्वाग्रह। जैसे मैं अपने जीवन की सबसे खराब गलतियों का भी जिक्र कर सकता हूँ- मुझे इसके जिक्र से कोई नुकसान नहीं होगा, क्यूँकि आप मेरी कामयाबियों से अच्छी तरह से अवगत हैं। यह तब की बात है जब मैं पहली बार आया था। मुझे सप्ताह के अंत में होने वाली सभा में एक कैबिनेट मंत्री के 'कंट्री हाउस' (गाँव में बना महल) बुलाया गया था। पूरी बात आश्चर्यजनक रूप से नासमझी वाली थी।"

वॉन बोर्क ने सर हिलाया और रूखेपन से कहा, "मैं वहाँ गया हूँ।"

"बिल्कुल। ठीक है, मैंने स्वाभाविक रूप से सूचना का संक्षिप्त विवरण बर्लिन भेज दिया। दुर्भाग्य से हमारे अच्छे चांसलर इन मामलों में थोड़े कठोर-से हैं और उन्होंने एक ऐसी टिपण्णी की जिससे पता चल गया कि जो कहा गया था उसका उन्हें पता है। बेशक, इससे मुझ पर ही निशाना

लग गया। आपको नहीं पता है कि इसने मुझे कितना नुकसान पहुँचाया। मैं आपको भरोसा दिला सकता हूँ कि उस मौके पर हमारे ब्रिटिश मेजबानों के बारे में कुछ भी सामान्य नहीं था। मैं इसे दो साल से जी रहा था। और अब आप, एक अच्छे खिलाड़ी के पोज में।"

"नहीं, नहीं, इसे पोज न कहो। पोज एक बनावटी चीज है, लेकिन यह बिल्कुल स्वाभाविक है। मैं एक जन्मजात खिलाड़ी हूँ। मैं इसका आनंद लेता हूँ।"

"अच्छा, यह और प्रभावशाली बनाता है। आप उनके खिलाफ नौकायन करते हैं। आप उनके साथ शिकार करते हैं। आप पोलो खेलते हैं। आप हर खेल में उनका मुकाबला करते हैं। आपके इक्के को ओलम्पिया में पुरस्कृत किया गया है। मैंने यह भी सुना है कि आप युवा अधिकारियों के साथ मुक्केबाजी भी करते हैं। लेकिन इसका नतीजा क्या निकलता है? कोई भी आपको गंभीरता से नहीं लेता है। आप अच्छे आदमी हैं, जर्मनों के हिसाब से काफी सभ्य; शराब पीने वाला, नाइट क्लब जाने वाला, घूमने फिरने वाला, किसी की परवाह न करने वाला। और आपका ये शांत कंट्री-हाउस इंग्लैंड में होने वाली आधी शरारतों का केंद्र है और 'स्पोर्टिंग स्क्वॉयर' यूरोप का सबसे शातिर सीक्रेट सर्विस। प्रतिभाशाली, प्रिय वॉन बोर्क- प्रतिभा!"

"आप मेरी चापलूसी कर रहे हैं, बैरन। लेकिन निश्चित रूप से मैं कह सकता हूँ कि इस देश में चार साल बेकार नहीं गए। मैंने आपको अपना छोटा स्टोर कभी नहीं दिखाया। क्या आप कुछ देर के लिए इसमें आना चाहेंगे?"

अध्ययन कक्ष का दरवाजा सीधा छत पर खुला। वॉन बोर्क ने उसे पीछे धकेल दिया और आगे चलते हुए बिजली की रौशनी के लिए बटन को दबा दिया। फिर उसने अपने पीछे वाले भारी दरवाजे को बंद कर दिया और जालीदार खिड़की पर लगे भारी पर्दे को ठीक किया। जब यह सब ठीक से हो गया तब उसने अपने मेहमान की ओर अपना धूप से झुलसा हुआ चेहरा घुमाया।

"मेरे कुछ कागजात चले गए हैं," उन्होंने कहा, "जब मेरी पत्नी और परिवार कल धुप सेंकने के लिए निकले तो वे अपने साथ कुछ कम-जरूरी कागजात ले गए थे। निश्चित रूप से, मुझे दूसरों के लिए दूतावास की सुरक्षा का दावा करना चाहिए।"

"आपका नाम पहले से ही व्यक्तिगत रूप से प्राथमिकता श्रेणी में रखा गया है। आपके लिए या आपके सामान के लिए कोई परेशानी नहीं होगी। बेशक, यह संभव है कि हमें जाना ही न पड़े। इंग्लैंड फ्रांस को उसके भाग्य पर छोड़ सकता है। हमें यकीन है कि दोनों के बीच में कोई बाध्यकारी संधि नहीं है।"

"और बेल्जियम?"

"हाँ, और बेल्जियम भी।"

वॉन बोर्क ने सिर हिलाते हुए कहा, "मैं नहीं जानता कि यह कैसे हो सकता है। दोनों के बीच एक निश्चित संधि है। इस तरह के अपमान से वह कभी नहीं उबर सकती।"

"उसे कम से कम फिलहाल तो शांति मिल जाएगी।"

"लेकिन उसका सम्मान?"

"अरे, आदरणीय, हम उपयोगितावादी युग में रहते हैं। सम्मान एक मध्यकालीन अवधारणा है। इसके अलावा ये भी कि इंग्लैंड तैयार नहीं है। यह एक अकल्पनीय बात है, लेकिन हमारे 50 लाख के स्पेशल वॉर टैक्स के बाद तो सबको समझ आना चाहिए था कि हमारा उद्देश्य क्या है। ये तो ऐसा था जैसे हमने द टाइम्स के पहले पन्ने पर प्रचार कर दिया हो। इतने पर भी ये लोग नींद से नहीं जागे। यह मेरा काम है कि जवाब खोजूँ। जवाब खोजना मेरा काम है। इधर-उधर थोड़ी चिढ़ भी होती है लेकिन इसे शांत करना मेरा काम है। परन्तु, मैं आपको आश्वस्त कर सकता हूँ कि जहां तक आवश्यक है- युद्ध सामग्री का भंडारण, पनडुब्बी हमले की तैयारी, उच्च विस्फोटक बनाने की व्यवस्था- कुछ भी तैयार नहीं है। फिर इसमें इंग्लैंड कैसे कूद सकता है। विशेष रूप से तब जब हमने उसे आयरिश गृहयुद्ध में और मताधिकार की माँग करने वाली औरतों में फँसा रखा है।

"उसे अपने भविष्य के बारे में सोचना चाहिए।"

"आह, यह अलग बात है। मुझे लगता है कि भविष्य में इंग्लैंड के बारे में हमारी अपनी निश्चित योजनाएँ हैं। और यह कि आपकी जानकारी हमारे लिए बहुत महत्त्वपूर्ण होगी। यह 'मिस्टर जॉन बुल' (इंग्लैंड को मजाकिया लहजे में ये भी कहा जाता है) के लिए "आज" हो या "कल"। अगर वह "आज" पसंद करते हैं, तो हम पूरी तरह से तैयार हैं। अगर "कल" होगा तो "कल" भी हम तैयार रहेंगे। मुझे लगता है कि सहयोगियों के बिना लड़ने के बजाय उनके लिए समझदारी की बात ये

होगी कि सहयोगियों के साथ लड़ें। लेकिन यह उनका अपना मामला है। यह सप्ताह उनके भाग्य का फैसला तय करेगा। लेकिन आप अपने कागजात की बात कर रहे थे।" वह अपने चौड़े गंजे चमकते हुए सिर के साथ कुर्सी पर बैठा था और सिगार का कश ले रहा था।

बड़े ओक-पैनल वाले कमरे में, जिसमें किताबें लगी थीं, उसके कोने में एक पर्दा लटका हुआ था। जब इसे खींचा गया तो एक बड़ी पीतल से बंधी तिजोरी सामने आ गई। वॉन बोर्क ने अपनी घड़ी की चेन से एक छोटी-सी चाबी को अलग कर लिया और ताले को किसी तरह से उसने इधर-उधर किया और भारी दरवाजा खुल गया।

दरवाजा खोलते हुए उसके दोनों हाथ फैल गए और उसने इसी अंदाज में कहा, "देखो!"

खुली तिजोरी में तेज रोशनी थी और सचिव ने 'पिजेन होल्स' (वह घुंडी जिसमें कागज वगैरा रखते हैं) की पंक्तियों को बड़ी उत्सुकता के साथ देखा। हर पिजन होल का अपना नाम था और उसकी आँखों के साथ-साथ उसने "फोर्ड," "हार्बर डिफेंस," "एयरप्लेन्स," "आयरलैंड," "मिस्र," "पोर्ट्समाउथ किलों," जैसे शीर्षकों की एक लंबी शृंखला देखी। "चौनल," "रोजीथ," और कई सारे। हर कम्पार्टमेंट में ढेरों कागजात और नक्शे थे।

"अद्‍भुत!" सचिव ने कहा। अपना सिगार नीचे रखते हुए उसने धीरे से अपने भारी हाथों से ताली बजाई।

"और ये सब चार सालों में, बैरन। शराब पीने वाले, हार्ड-राइडिंग कंट्री स्क्वॉयर के लिए ये इतना भी खराब नहीं है। लेकिन मेरे कलेक्शन का असली हीरा अब आ रहा है और इसके लिए पूरी तैयारी है।" उसने उस स्थान की ओर इशारा किया जिस पर "नौसेना सिग्नल" लिखा हुआ था।

"लेकिन आपके पास तो पहले से ही एक अच्छा डोजियर है।"

"पुराना और बेकार कागज। एडमिरल्टी को किसी तरह से अलार्म मिला और हर कोड को बदल दिया गया। यह एक झटका था, बैरन- मेरे पूरे अभियान में सबसे बड़ा झटका। लेकिन मेरी चेक-बुक और भले अल्टामोंट का शुक्रिया, जिसकी वजह आज रात सब ठीक हो जाएगा।"

"स्पार्किंग प्लग्स, अह?"

“आप देखिए कि वह एक मोटर विशेषज्ञ के रूप में पोज देता है और मेरे पास पूरा गराज है। हमारे कोड में आने वाली हर चीज का नाम कुछ स्पेयर पार्ट्स के नाम पर रखा गया है। अगर वह रेडिएटर की बात करता है तो एक युद्धपोत है, तेल पंप क्रूजर है, और इसी तरह से है। स्पार्किंग प्लग्स नौसेना के लिए संकेत हैं।”

“दोपहर के समय पोर्ट्समाउथ से,” सचिव ने अभिलेख की जांच करते हुए कहा, “वैसे, आप उसे देते क्या हैं?”

“इस विशेष काम के लिए पाँच सौ पाउंड। बेशक उसको सैलरी भी मिलती है।”

“लालची बदमाश। वे उपयोगी हैं, ये देशद्रोही हैं, लेकिन मैं उन्हें उनकी घृणित कमाई (हत्या से कमाए गए पैसे) के लिए कोसता हूँ”

“मुझे अल्टामोंट से कोई शिकायत नहीं है। वह एक अद्भुत कर्मचारी है। अगर मैं उसे अच्छा पैसा देता हूँ तो कम से कम वो सामान पहुँचाता तो है। इसके अलावा, वह देशद्रोही नहीं है। मैं आपको विश्वास दिलाता हूं कि अगर किसी आयरिश-अमरीकी से तुलना की जाए तो भी हमारा सबसे कचरा पैन-जर्मनिक भी इंग्लैंड के लिए चूसने वाले कबूतर की तरह काम करता है।”

“ओह, एक आयरिश-अमेरिकी?”

“यदि आपने उसे बोलते हुए सुना तो आपको बिल्कुल संदेह नहीं होगा। मैं आपको विश्वास दिलाता हूँ कि कभी-कभी तो मैं उसे शायद ही समझ पाता हूँ। ऐसा लगता है कि उसने राजा की अंग्रेजी के साथ-साथ अंग्रेजी राजा पर भी युद्ध की घोषणा कर दी हो। आपको वास्तव में जाना चाहिए? वह यहाँ किसी भी समय आ सकता है।”

“नहीं। मुझे खेद है, लेकिन मैं पहले ही देर तक रुक गया हूँ। हम आपसे कल जल्दी मिलने की उम्मीद करेंगे, और जब आप ड्यूक ऑफ यॉर्क की सीढ़ियों पर बने छोटे दरवाजे के से उस सिग्नल बुक को प्राप्त करेंगे तो आप इंग्लैंड के अपने रिकॉर्ड में एक विजय दर्ज कर सकते हैं। क्या! टोके!”

उन्होंने एक भारी सीलबंद धूल से ढकी बोतल की ओर संकेत दिया जो एक छोटी थाली पर दो ऊंचे गिलास के साथ खड़ी थी।

"क्या मैं आपको आपकी यात्रा से पहले एक गिलास दे सकता हूँ?"

"नहीं, धन्यवाद। लेकिन यह किसी राज के पर्दाफाश होने जैसा दिखता है।"

"अल्टामोंट को वाइन के स्वाद की समझ है, और उसने मेरे टोके को पसंद किया। वह एक ऐसा साथी है जो जल्दी नाराज हो जाता है। उसे छोटी-छोटी बातों में भी हास्य की जरूरत है। मुझे उसको समझना है, मैं आपको विश्वास दिलाता हूं।" वे फिर से छत पर चले गए और उसके साथ आगे के छोर तक, जहां बैरन के चालक के स्पर्श से बड़ी कार कांप गई और हँस पड़ी। "वे हार्विच की लाइट्स हैं शायद, "सचिव ने अपने डस्ट कोट को खींचते हुए कहा, "यह सब कितना स्थिर और शांतिपूर्ण लगता है। सप्ताह के भीतर कुछ अलग तरह की रौशनी हो सकती है और अंग्रेजी तट एक कम शांत स्थान में बदल सकता है! शायद, स्वर्ग भी इतना शांतिपूर्ण न हो, अगर वह सब कुछ जो जेपेलिन ने वादा किया है सच हो जाए। वैसे, वह कौन है?"

केवल एक खिड़की ने उनके पीछे रोशनी दिखाई; उसमें एक दिया था, और उसके पास, मेज पर बैठी एक प्यारी बूढ़ी सुर्ख मुँह वाली औरत थी, जिसने देहाती टोपी पहनी हुई थी। वह कुछ बुन रही थी और बुनते हुए झुक जाती थी और कभी-कभी रुककर पास के स्टूल पर बैठी बड़ी काली बिल्ली को सहलाती थी।

"वह मार्था है, मेरे पास बची मेरी एकमात्र नौकरानी।"

सचिव ने चुटकी ली।

"वह ब्रिटानिया को पहचान भी सकती है," उसने कहा, "उसकी पूर्ण तन्मयता और आरामदायक अंदाज में। ठीक है, औ रिवोइर, वॉन बोर्क!" अपने हाथ से अंतिम अभिवादन के साथ ही वह कार में घुसा और एक क्षण बाद हेडलाइट्स से दो सुनहरे शंकु अंधेरे के रास्ते पर उजाला छोड़ते हुए चले गए। सेक्रेटरी आलीशान लिमोजिन में लेट गया। उसके विचार आने वाली त्रासदी को इस कदर महसूस कर रहे थे कि उसने शायद ही ध्यान दिया हो कि जैसे ही उसकी कार गाँव की सड़क के चारों ओर घूमकर जा रही थी, इसने विपरीत दिशा से आ रही एक छोटी फोर्ड को लगभग क्रॉस कर लिया था।

जैसे ही गाड़ी की लाइट्स की चमक फीकी पड़ती गई वॉन बोर्क धीरे-धीरे स्टडी में वापस चला गया। जाते हुए उसने देखा कि उसकी वृद्ध नौकरानी ने अपना दिया बुझा दिया और सोने जाने लगी। इतने बड़े घर का सन्नाटा और अँधेरा, उसका परिवार बहुत बड़ा था इसलिए ये उसके लिए एक नया अनुभव था। हालाँकि, यह सोचना उसके लिए राहत की बात थी कि वे सभी सुरक्षित हैं और एक बूढ़ी औरत जोकि घर की रसोई में पड़ी रहती है के अलावा सारी जगह उसके अपने लिए थी। उसने स्टडी रूम की अच्छे से साफ-सफाई की। और उसने यह सब तबतक किया जब तक कि उसका उत्सुक सुंदर चेहरा जलते हुए कागजों की गर्मी से पसीना-पसीना न हो गया। उसकी मेज के पास एक चमड़े की झोली खड़ी थी, और उसमें उसने अपनी तिजोरी की कीमती सामग्री को बड़े करीने से और व्यवस्थित रूप से पैक करना शुरू कर दिया। उसने काम करना शुरू ही किया था कि उसके कानों में दूर कहीं कार की आवाज आयी। उसने तुरंत संतोष महसूस किया। झोली को बाँध दिया, तिजोरी को बंद कर दिया, उसमें ताला मार दिया और जल्दी से छत पर निकल गया। उसने देखा कि छोटी कार गेट पर रुकी है। एक यात्री इसमें से बाहर निकला और उसकी तरफ आने लगा जबकि चालक, वह एक भारी-भरकम, धूसर मूंछों वाला बुजुर्ग व्यक्ति था, जो किसी लम्बे रतजगे के बाद आराम करने बैठ गया।

"कौन?" वॉन बोर्क ने उत्सुकता से आए मेहमान आदमी की तरफ जाते हुए पूछा।

जवाब देने के लिए उस आदमी ने अपने सिर के ऊपर से भूरे रंग के कागज का एक छोटा पार्सल लहराया।

"तुम मेरे साथ खुशी से हाथ मिला सकते हो, श्रीमान," वह चिल्लाया, "मैं आखिरकार बेकन घर ला रहा हूँ।"

"द सिग्नल्स?"

"जैसा कि मैंने कहा था। उनमें से हर आखिरी, सेमाफोर, लैंप कोड, मार्कोनी- एक कॉपी, ओरिजिनल नहीं। वह बहुत खतरनाक था। लेकिन यह असली सामान है, और आप उस पर लेट सकते हो।" उसने जर्मन को कंधे पर दोस्ताने अंदाज में थपथपाया।

“अंदर आओ,” उसने कहा, “मैं घर में बिल्कुल अकेला हूं। मैं केवल इसी का इंतजार कर रहा था। बेशक कॉपी ओरिजिनल से बेहतर है। अगर ओरिजिनल गायब होता तो वे पूरी चीज बदल देते। आपको लगता है कि इस कॉपी के बारे में, सब कुछ सुरक्षित है?”

आयरिश-अमेरिकी ने स्टडी में प्रवेश किया और आराम-कुर्सी पर अपने लम्बे हाथ-पैरों को फैलाया। वह साठ साल का लंबा, दुस्साहसी आदमी था और छोटी बकरी जैसी दाढ़ी थी, जिसकी वजह से वो अंकल सैम के कैरिकेचर की तरह लग रहा था। उसके मुंह के कोने से आधा जला सिगार लटका हुआ था और जैसे ही वह बैठा उसने एक माचिस से उसे फिर जलाया। “अगले कदम के लिए तैयार हो रहे हो?” उसने अपने चारों ओर देखते हुए कहा, “कहो, श्रीमान,” उसने बात आगे बढ़ाते हुए कहा, जैसे ही उसकी नजर तिजोरी पर पड़ी, जिस पर से अब पर्दा हट चुका था। उन्होंने कहा, “आपने मुझे बताया नहीं कि आप उसमें अपने कागजात रखते हैं?”

“क्यों नहीं?”

“हे भगवान, इस तरह के एक बड़े संदूक में! और वे आपको कोई जासूस समझते हैं। क्यूँ, एक यांकी बदमाश क्या एक कैन-ओपनर के साथ होगा। अगर मुझे पता होता कि मेरा कोई भी पत्र इस तरह से रखा होगा तो मैं आपको कभी पत्र न लिखता।”

“किसी भी बदमाश के लिए इस सेफ को खोलना बड़ी पहेली होगी,” वॉन बोर्क ने जवाब दिया, “आप उस चीज को किसी भी तरह काट नहीं सकते।”

“लेकिन ताला?”

“नहीं, यह एक डबल कॉम्बिनेशन लॉक है। आपको मालूम है कि ये क्या होता है?”

“टेस्ट कर के देखें कि मुझे पता है या नहीं,” अमेरिकी ने कहा।

“ठीक है, इस ताले को खोलने के लिए आपको शब्द और आँकड़े दोनों की जरूरत है” वह उठा और उसने की-होल के चारों ओर बनी दोहरे चक्र वाली डिस्क। “यह बाहरी वाली अक्षरों के लिए है, और ये अन्दर वाली आंकड़ों के लिए है।”

“ठीक है, ठीक है।”

“तो यह उतना आसान नहीं है न जितना आपने सोचा था। चार साल पहले मैंने इसे बनाया था, और आपको क्या लगता है कि मैंने शब्द और आंकड़ों को कैसे चुना होगा?”

"यह तो मेरे बस से बाहर है।"

"ठीक है, मैंने शब्द के लिए अगस्त चुना, और आंकड़ों के लिए 1914, और यही तो चल रहा है।"

अमेरिकी का चेहरा आश्चर्य और प्रशंसा से भर गया।

"वाह, यह बहुत ही लाजवाब था! आपने इसको भी एक सन्देश की तरह रखा है।"

"हाँ, उस समय भी हममें से कुछ लोग इस तारीख का अनुमान लगा सकते थे। और हम यहीं आ गए, और मैं कल सुबह बंद कर रहा हूँ।"

"ठीक है, मुझे लगता है कि आपको मुझे भी व्यवस्थित करना होगा। मैं इस अजीब से देश में अकेले नहीं रहने वाला हूँ। जैसा कि मैं समझता हूँ, एक हफ्ते या उससे भी कम में। जॉन बुल (इंग्लैंड) अपने पिछले पैरों पर होगा। मैं तो उसे पानी के ऊपर देखना पसंद करूँगा।"

"लेकिन आप एक अमेरिकी नागरिक हैं?"

"हाँ। जैक जेम्स भी एक अमेरिकी नागरिक ही था, लेकिन वह पोर्टलैंड में यही तो कर रहा है। अमरीकी नागरिक होना ब्रिटिश कॉपर (उस समय इंग्लैंड में चलने वाला एक प्रकार का सिक्का) पर कौन सा असर डाल देगा। "यहाँ ब्रिटिश कानून-व्यवस्था है," वह कहता है। वैसे, श्रीमान, जैक जेम्स की बात आयी है तो मुझे ऐसा लगता है कि आप कवर देने के लिए कुछ खास नहीं करते हैं।"

"क्या मतलब है आपका?" वॉन बोर्क तुरंत पूछने के अंदाज में बोल पड़ा।

"अच्छा, आप उनके मालिक हैं, है न? यह पूरी तरह से आप पर निर्भर है कि वे फेल न हों। लेकिन फेल तो वो भी होते हैं, और अगर ऐसा होता है तो उन्हें सहारा कौन देगा? जेम्स को ही ले लो-"

"यह जेम्स की अपनी गलती थी। आप भी जानते हैं। वह इस नौकरी के लिए कुछ ज्यादा ही मन-मौजी थी।"

"जेम्स बेवकूफ था- ये मैं भी मानता हूँ। लेकिन होल्लिस।"

"वह तो पागल आदमी था।"

"हाँ। आखिरी समय में वो थोड़ा सा ढुलमुल तो हुआ था। ऐसे भी कोई आदमी अगर सुबह से रात तक इस तरह के सौ लोगों के साथ रहेगा तो पागल हो ही जाएगा। लेकिन। स्टेनर का क्या हुआ-"

वॉन बोर्क झल्लाया, वह हिंसक होने लगा था, उसका सुर्ख चेहरा अचानक ही पीला पड़ने लगा।

"स्टेनर के बारे में क्या?"

"वे उसे पा गए। उन्होंने कल रात उसकी दुकान पर छापा मार दिया, वह और उसके कागजात सभी पोर्ट्समाउथ जेल में हैं। तुम चले जाओगे और वह, बेचारा शैतान, सारा इलजाम उस पर आएगा, और यकीनन वह नसीब वाला ही होगा अगर उसकी जान बच जाती है। इसलिए जैसे ही आप इस जगह को छोड़ोगे, मैं भी छोड़ दूँगा।"

वॉन बोर्क एक मजबूत और आत्मनिर्भर व्यक्ति था लेकिन उसे देखकर ये पता लग रहा था कि इस खबर ने उसे झकझोर दिया था।

"उन्होंने स्टेनर को कैसे पकड़ लिया?" वह बड़बड़ाया, "यह सबसे बड़ा झटका है।"

"हाँ। लेकिन इससे भी बुरा हो सकता था क्यूँकि मुझे लगता है कि वे मुझसे दूर नहीं हैं।"

"क्या मतलब है तुम्हारा!"

"बिल्कुल यही बात है। मेरी मकान मालकिन फ्रैटन से कुछ पूछताछ हुई है। और जब मैंने इसके बारे में सुना तो मुझे लगा कि अब मुझे निकल लेना चाहिए। लेकिन मैं यह जानना चाहता हूं यह सब कॉपर्स को कैसे पता है? स्टेनर पांचवां आदमी है, जिसे आपने खो दिया है और चूंकि मैं आपके साथ हूँ तो मुझे इस बात की पूरी खबर है कि छठा आदमी कौन होगा। कैसे बताओगे और क्या आपको शर्म नहीं आती है कि आपके लोग एक-एक करके जा रहे हैं?"

वॉन बोर्क गुस्से से लाल हो गया।

"इस तरह से बोलने की तुम्हारी हिम्मत कैसे हुई!"

"अगर मुझमें हिम्मत न होती तो मैं तुम्हारे साथ काम न करता। लेकिन मैं तुम्हें बताऊंगा कि मेरे दिमाग में क्या चल रहा है। मैंने जर्मन नेताओं को तुम्हारे साथ बात करते हुए सुना है कि जब एजेंट से काम निकल जाता है तो फिर किसी को कोई फर्क नहीं पड़ता है। आपके साथ जर्मन राजनेताओं को सुना है जब एक एजेंट ने अपना काम किया है, उसे दूर से देखने के लिए खेद नहीं है।"

वॉन बोर्क अपने पैरों पर उछल पड़ा।

"तुम्हारी हिम्मत कैसे हुई ये कहने की कि मैंने अपने एजेंटों की परवाह नहीं की!"

"श्रीमान, मैं इसपर सहमत नहीं होता, लेकिन कहीं एक स्टूल, कबूतर या एक क्रॉस है, और यह पता लगाना आपका काम है कि ये कहाँ हैं। वैसे भी मैं कोई और मौका नहीं लेने वाला हूँ। जितना जल्दी हो सके मैं छोटे हॉलैंड के लिए निकलना चाहता हूँ।"

वॉन बोर्क ने अपने गुस्से पर काबू पा लिया था।

"हम लंबे समय से सहयोगी रहे हैं और अब जबकि जीत होने ही वाली है तो क्यूँ झगड़ा करें," उसने कहा, "आपने शानदार काम किया है और जोखिम उठाया है और मैं इसे कभी नहीं भूल सकता। हर तरह से हॉलैंड जाओ, आपको रॉटरडैम से न्यूयॉर्क के लिए एक नाव मिल सकती है। एक हफ्ते बाद कोई और तरीका सुरक्षित नहीं होगा। मैं वह किताब ले लूंगा और बाकी के साथ इसे भी पैक कर दूंगा।"

अमेरिकी ने छोटे पार्सल को अपने हाथ में रखा, लेकिन उसे छोड़ने के लिए कोई भी हरकत न की।

"डफ के बारे में क्या खयाल है?" उसने पूछा।

"क्या?"

"बूडल (पैसा), इनाम। 500 पाउंड। आखिर में तो गनर बहुत ही दुष्ट हो गया, और मुझे 100 डॉलर एक्स्ट्रा देने पड़ गए वर्ना मेरे और तुम्हारे लिए तो आफत खड़ी कर देता। उसने कहा है, 'कुछ नहीं कर रहा'! और सच में उसका यही मतलब भी था लेकिन आखिरी सौ डॉलर की वजह से ही ये हुआ। यह मुझे पहली से आखिरी तक दो सौ पाउंड भारी पड़ा है, इसलिए यह संभव नहीं है कि मैं इसे बिना मेरी मदद के छोड़ दूं।"

वॉन बोर्क कुछ कड़वाहट के साथ मुस्कुराया। "ऐसा लगता है कि मेरी प्रतिष्ठा के बारे में आपकी कोई अच्छी राय नहीं है," उन्होंने कहा, "तो आप किताब छोड़ने से पहले पैसे चाहते हैं।"

"देखिए मिस्टर, यही तो व्यापार है।"

"ठीक है। जैसा आप कहें," वह मेज पर बैठा, उसने किताब से एक चेक फाड़ा और भरा, लेकिन उसने उसे अपने साथी को नहीं दिया। "चूंकि अब हम इस तरह की शर्तों पर आ गए हैं, मिस्टर अल्टामोंट," उसने कहा,

"तो मुझे लगता है कि जब आप मुझ पर भरोसा नहीं करते तो मुझे भी आप पर भरोसा करने का कोई शौक नहीं है। आपको समझ आयी?" उसने कहा, "टेबल पर चेक है। मैं पैसा देने से पहले पार्सल को चेक करने का दावा करता हूँ।"

अमेरिकी ने इस प्रस्ताव को तुरंत पारित कर दिया। वॉन बोर्क ने तार की एक घुमावदार और कागज के दो रैपर खोल दिए। फिर वह एक छोटी सी नीली किताब को, जो उसके सामने पड़ी थी, उसे खामोशी से देखने लगा। पूरे कवर पर सुनहरे अक्षरों में छपा था, "प्रैक्टिकल हैंडबुक ऑफ बी कल्चर।" बस एक सेकंड के लिए मास्टर जासूस ने इस अजीब अप्रासंगिक शिलालेख पर नजर डाली। अगले ही पल, लोहे जैसी मुट्ठी से उसकी गर्दन के पिछले हिस्से में जकड़ लिया गया था, और उसके झुलसे हुए चेहरे के सामने एक क्लोरोफॉर्म वाला स्पंज रखा गया था।

"एक और गिलास, वाटसन!" मिस्टर शरलक होम्स ने इम्पीरियल टोके की बोतल को आगे बढ़ाते हुए कहा।

मेज के पास बैठे मोटे-मोटे ड्राइवर ने उत्सुकता से अपना गिलास आगे बढ़ाया।

"यह एक अच्छी शराब है, होम्स।"

"शानदार शराब, वाटसन। सोफे पर हमारे दोस्त ने मुझे ये आश्वासन दिया है कि यह स्कोनब्रुन पैलेस में फ्रांज जोसेफ के विशेष तहखाने से है। क्या मैं आपको क्लोरोफॉर्म भाप के लिए खिड़की खोलने के लिए परेशान कर सकता हूं क्यूँकि इसकी भाप को ये पसंद नहीं है।"

तिजोरी थोड़ी खुली थी, और उसके सामने खड़े होम्स, एक के बाद एक डोजियर को हटा रहे थे, तेजी से जाँच कर रहे थे, और फिर इसे वॉन बोर्क के छोटे से बैग में बड़े करीने से पैक कर रहे थे। जर्मन सोफे पे खर्राटे मारता हुआ सो गया था। उसके बाजू और उसके पैर बंधे हुए थे। "हमें जल्दबाजी नहीं करनी चाहिए, वाटसन। हम सुरक्षित हैं। क्या आप घंटी को छूना नहीं चाहेंगे? बूढ़ी मार्था को छोड़कर घर में कोई भी नहीं है और उसने अपनी जिम्मेदारी बखूबी निभाई है। मैंने उसे पहली मुलाकात में ही समझा दिया था। आह, मार्था, आपको यह सुनकर कितनी खुशी होगी कि सब कुछ ठीक है।"

बूढ़ी औरत मुस्कुराते हुए दरवाजे पर आयी। उसने मिस्टर होम्स को मुस्कुराते हुए देखा, लेकिन सोफे लेटे आदमी को कुछ शंका से देखा।

"सब ठीक है, मार्था। उसे बिल्कुल भी चोट नहीं आई है।"

"मिस्टर होम्स, मुझे इस बात की खुशी है। उनके विचार से वह एक अच्छे गुरु हैं। वह चाहते थे कि मैं गये कल उनकी पत्नी के साथ जर्मनी चली जाऊं, लेकिन लेकिन यह शायद आपके प्लान के लिए ठीक न होता, है न?"

"बिलकुल मार्था। जब तक आप यहाँ थीं मेरे लिए सब आसान था। हमने आपके सिग्नल का रात को कुछ समय इंतजार किया।"

"यह सचिव था, सर।"

"मुझे पता है। उसकी कार हमारे पास से गुजरी।"

"मुझे लगा था कि वह कभी नहीं जाएगा। मुझे पता था कि यह आपके प्लान के हिसाब से सही नहीं होगा कि उसे यहाँ खोजें सर।"

"नहीं, वास्तव में। ठीक है, इसका मतलब केवल यह था कि हमने आधे घंटे के करीब इंतजार किया कि आपका दीपक बुझ जाए और मुझे पता चल गया कि तट साफ था। मार्था, आप मुझे कल लंदन के क्लेरिज होटल में रिपोर्ट करें।"

"बहुत अच्छा सर।"

"मुझे लगता है कि आपके पास जाने के लिए सब कुछ तैयार है।"

"हाँ, सर। उसने आज सात पत्र पोस्ट किए हैं। मेरे पास हमेशा की तरह पते हैं।"

"बहुत अच्छा, मार्था। मैं उन्हें कल देख लूंगा। शुभरात्रि। ये कागजात," वह कुछ और भी कह रहे थे लेकिन बूढ़ी औरत चली गई लेकिन वह बोलते रहे, "बहुत महत्त्वपूर्ण नहीं हैं, निश्चित रूप से, जो जानकारी इसमें थी वो तो पहले ही जर्मन सरकार को भेज दी गई होगी। ये ओरिजिनल हैं जिन्हें सुरक्षित रूप से देश से बाहर नहीं निकाला जा सका।"

"तो वे किसी काम के नहीं हैं।"

"मुझे इस कदर भी नहीं जाना चाहिए, वाटसन। कम से कम वे हमारे लोगों को ये तो दिखाएँगे कि क्या जाना गया और क्या नहीं। मैं कह सकता हूं कि इनमें से बहुत से कागजात मेरी नजर से गुजरे हैं और मुझे यह कहने की भी जरूरत नहीं है कि ये विश्वास करने लायक नहीं हैं। यह मेरे पतन के वर्षों को उज्ज्वल करेगा कि एक जर्मन क्रूजर सॉलेंट को खदान-क्षेत्र की

योजनाओं के अनुसार नेविगेट कर रहा है, जो मैंने प्रस्तुत किया है। लेकिन आप, वाटसन "-उसने अपना काम बंद कर दिया और अपने पुराने दोस्त के कन्धों पर हाथ रखा, "मैंने आपको शायद ही कभी रौशनी में देखा है। किस तरह से समय ने आपका इस्तेमाल किया? आप हमेशा की तरह एक खुशनुमा लड़के दिखते हैं।"

"मैं बीस साल छोटा महसूस करता हूं, होम्स। मैंने शायद ही कभी खुद को इतना खुश महसूस किया हो जितना तब महसूस किया जब आपका तार मुझे मिला, जो मुझे आपसे हार्विच में कार के साथ मिलने के लिए कह रहा था। लेकिन आप, होम्स-आप तो बहुत कम बदले हैं- उस बकरी जैसी दाढ़ी के अलावा।"

"वाटसन, ये वे बलिदान हैं जो एक व्यक्ति अपने देश के लिए देता है," होम्स ने अपने नन्हे-नन्हे गुच्छों को खींचते हुए कहा, "कल यह एक भयानक स्मृति होगी। मेरे बाल कटने और कुछ अन्य सतही परिवर्तनों के साथ, मैं निश्चित रूप से क्लेरिज के कल में फिर से प्रकट होऊंगा। क्योंकि मैं इस अमेरिकी स्टंट से पहले था- मैं आपसे क्षमा चाहता हूं, वाटसन, अंग्रेजों के लिए मेरी इच्छा पूरी तरह से अपवित्र हो जाती कि ये अमरीकी नौकरी मुझे मिली।"

"लेकिन आप रिटायर हो चुके हैं, होम्स। हमने सुना था कि आप दक्षिण डाउन्स में एक छोटे से खेत में अपनी मधुमक्खियों और किताबों के बीच एक संत की जिन्दगी गुजार रहे हैं।"

"बिल्कुल, वाटसन। मेरे आलीशान आराम का फल यहाँ है, मेरे बाद के वर्षों की महान रचना!" उन्होंने टेबल से किताब उठाई और पूरा टाइटल पढ़ा, "प्रैक्टिकल हैंडबुक ऑफ बी कल्चर" जिस पर कुछ टिप्पणियाँ रानी के अलगाव पर भी थीं। "अकेले मैंने किया। गहन रातों और श्रमसाध्य दिनों के फल देखे, एक समय मैंने छोटे गिरोहों को देखा और लन्दन की आपराधिक दुनिया भी देखी।"

"लेकिन आप फिर से काम पर कैसे आए?

अह, मैं खुद भी इस बात पर अचंभित होता हूँ। मैं विदेश मंत्री का सामना अकेले कर सकता था, लेकिन जब प्रधान मंत्री ने भी मेरी कुटिया पर आकर मुझे कृतज्ञ किया! बात यह है, वाटसन, कि सोफे पर जो ये आदमी है ये फिर भी बहुत अच्छा है हम लोगों के लिए। वह अपने आप

में एक पूरी संस्था था। चीजें गलत हो रही थीं, और कोई भी नहीं समझ सकता था कि वे गलत क्यों हो रही थीं। एजेंटों को संदेह था या पकड़ा भी गया था, लेकिन कुछ बड़ा और सीक्रेट सेंट्रल फोर्स होने के सबूत मिले थे। इसे बेनकाब करने के लिए यह बेहद जरूरी था। इस मामले को देखने के लिए मुझ पर बहुत दबाव डाला गया था। मुझे दो साल लग गए, वॉटसन, लेकिन मेरा उत्साह कभी कम नहीं हुआ। जब मैं कहता हूं कि मैंने शिकागो में अपनी तीर्थयात्रा शुरू की, बफलो में आयरिश सीक्रेट सोसाइटी में ग्रेजुएट हुआ, स्कीबरेन में कांस्टेबल को गंभीर परेशानी दी, और इसलिए अंततः वॉन बोर्क के एक अधीनस्थ एजेंट की नजर मुझ पर पड़ी, जिसने मुझे एक संभावित व्यक्ति के रूप में सिफारिश की, आप महसूस करेंगे कि मामला जटिल था। तब से ही मैंने उसका विश्वास हासिल कर लिया था, जिसकी वजह से उसकी उसके अधिकतर प्लान रहस्यमयी ढंग से फेल हो गए और उसके पाँच बेहतरीन एजेंट जेल की सलाखों के पीछे पहुँच गए। मैंने उन्हें देखा, वॉटसन, और जैसे ही वे तैयार हो गए, मैंने उन्हें चुन लिया। अच्छा, महोदय, मुझे आशा है कि आपको तकलीफ नहीं हुई होगी!"

आखिरी टिप्पणी वॉन बोर्क को संबोधित थी, जो बहुत हांफने और पलक झपकने के बाद चुपचाप होम्स के बयान को सुन रहा था। वह अब जर्मन गालियाँ बकने लगा, उसका चेहरा जोश से भर गया। होम्स ने दस्तावेजों की जांच जारी रखी, जबकि उनका कैदी उन्हें गालियाँ दे रहा था।

"हालांकि इसमें संगीत नहीं है, जर्मन सभी भाषाओं में सबसे अधिक भावबोधक है, "उन्होंने देखा जब वॉन बोर्क थक कर रुक गया। "हलो! हलो!" उसने कहा क्योंकि उसने बॉक्स में डालने से पहले ट्रेसिंग के कोने पर ध्यान दिया। "एक और पक्षी को पिंजरे में रखना चाहिए। मुझे नहीं पता था कि कैशियर इतना बदमाश था, हालांकि मेरी उस पर लंबे समय से नजर थी। मिस्टर वॉन बोर्क, आपको बहुत सी बातों का जवाब देना होगा।"

कैदी ने कठिनाई के साथ खुद को सोफे पर उठाया था और कैदी बनाने वाले को आश्चर्य और नफरत से देख रहा था। "मैं तुमसे बदला लूँगा, अल्टामोंट," उसने जान-बूझकर धीमी आवाज में कहा, "अगर इसके लिए मुझे अपनी पूरी जिन्दगी भी लगानी पड़े तो भी मैं तुमसे बदला जरूर लूँगा।"

"खूबसूरत पुराने गाने," होम्स ने कहा, "पिछले सालों में मैंने इसको कितनी ही बार सुना है। यह दिवंगत शोकग्रस्त प्रोफेसर मोरियार्टी का पसंदीदा गाना था। कर्नल सेबेस्टियन मोरन को भी इसे गाने को गाने के लिए जाना जाता है। और फिर भी मैं रहता हूं और दक्षिण डाउन के ऊपर मधुमक्खियों को रखता हूं।"

अपने बंधनों के खिलाफ दबाव डालते हुए और अपनी उग्र आँखों से हत्या को महसूस करते हुए जर्मन चिल्लाया,"तुम्हें श्राप लगे, तुम देशद्रोही हो!"

"नहीं, नहीं, अब ऐसा भी नहीं है" होम्स ने मुस्कुराते हुए कहा, "जैसा कि तुम्हें मेरे भाषण से समझ आ ही गया होगा कि शिकागो के मिस्टर अल्टामोंट का वास्तव में कोई अस्तित्व ही नहीं था। मैंने उसका इस्तेमाल किया और अब वह चला गया।"

"तो तुम कौन हो?"

"इससे कोई फर्क नहीं पड़ता कि मैं कौन हूँ लेकिन ऐसा लगता है मिस्टर वॉन बोर्क कि आपकी इसमें रुचि है तो मैं कह सकता हूं कि यह आप लोगों के साथ मेरी पहली मुलाकात नहीं थी। अतीत में, मैंने जर्मनी में अच्छा खासा काम किया है और मेरे नाम से शायद तुम भी परिचित होगे।"

"मैं ये जानना चाहता हूँ," प्रशाई ने गंभीर रूप से कहा।

"जब तुम्हारा कजिन हेनरिक शाही दूत था तब वह मैं ही था जिसने आइरीन एडलर और बोहेमिया के दिवंगत राजा के बीच अलगाव पैदा किया था। वह भी मैं ही था जिसने हत्या से बचाया था, निहिलिस्ट क्लॉपमैन, काउंट वॉन अंड जू ग्रेफेंस्टीन द्वारा, जो तुम्हारी माँ का बड़ा भाई था। वह मैं थाख्र"

वॉन बोर्क आश्चर्य में बैठ गया।

"वह बस एक ही आदमी है," वह चिल्लाया।

"बिल्कुल ठीक," होम्स ने कहा।

वॉन बोर्क कराह उठा और सोफे पर गिर पड़ा। "और वह अधिकांश जानकारी तुम्हारे जरिए आई," वह चिल्लाया, "इससे क्या मिला? मैंने क्या किया है? यह हमेशा के लिए मेरी बर्बादी है!"

"यह निश्चित रूप से भरोसा करने लायक नहीं है," होम्स ने कहा, "इसके लिए कुछ जाँच की आवश्यकता होगी और तुम्हारे पास इसके लिए बहुत कम समय है। तुम्हारे एडमिरल को नई बंदूकें मिलेंगी लेकिन जैसी उनकी उम्मीद है, उससे काफी बड़ी, और क्रूजर शायद थोड़ा तेजी से।"

वॉन बोर्क ने निराशा में अपने ही गले को जकड़ लिया।

"विवरण के कई अन्य बिंदु हैं, जो निस्संदेह, कुछ समय में सामने आएंगे। लेकिन मिस्टर वॉन बोर्क आपके पास एक गुण है जो किसी जर्मन

में दुर्लभ ही होता है: आप एक खिलाड़ी हैं और जब आपको ये मालूम होगा कि जिसने इतने सारे लोगों को पछाड़ दिया है। आखिरकार उसने खुद को मात दे दी है। तो आप मेरे बारे में बुरे भाव नहीं रखेंगे। आखिरकार, आपने अपने देश के लिए अपना सर्वश्रेष्ठ प्रदर्शन किया है, और मैंने अपने देश के लिए, इससे ज्यादा स्वाभाविक क्या हो सकता है? इसके अलावा, "उन्होंने कहा, निर्दयता से नहीं, उन्होंने झुके हुए आदमी के कंधे पर अपना हाथ रखा, "यह किसी और दुश्मन के सामने गिरने से बेहतर है। ये कागजात अब तैयार हैं। वाटसन। अगर तुम मेरी मदद करो तो हम कैदी को लन्दन ले जाने के लिए रेडी हैं।"

वॉन बोर्क को उठाना आसान बात नहीं थी क्यूँकि वह एक मजबूत और हताश इंसान था। आखिरकार, एक-एक बाँह से पकड़कर दोनों दोस्त धीरे-धीरे उसके साथ बगीचे की सैर पर चले गए। कुछ देर बाद, थोड़े से संघर्ष के बाद उसे छोटी कार की अतिरिक्त सीट पर बैठा दिया गया, उसके हाथ पैर बंधे हुए थे। उसके बगल में उसका कीमती बैग भी था।

"मुझे यकीन है कि आप उतने ही आराम में होंगे जितनी की परिस्थितियाँ अनुमति देती हैं, "होम्स ने कहा," क्या मुझे ये आजादी है कि मैं एक सिगार जला कर उसे आपके होंठों के बीच रख दूँ?"

लेकिन गुस्साए जर्मन को ये सब पसंद नहीं आया।

"मुझे लगता है कि आपको पता है, श्रीमान शरलक होम्स," उसने कहा, "कि अगर आपकी सरकार ने आपको ये करने की इजाजत दी है तो ये एक एक्ट ऑफ वॉर है।"

"आपकी सरकार और उसके द्वारा किए जा रहे ऐसे ट्रीटमेंट का क्या?" होम्स ने बैग पर थपकी देते हुए कहा।

"आप एक प्राइवेट आदमी हैं। मेरी गिरफ्तारी के लिए आपके पास कोई वारंट नहीं है। ये कार्यवाही पूरी तरह से अवैध और क्रूर है।"

"बिल्कुल," होम्स ने कहा।

"एक जर्मन आदमी का अपहरण।"

"और उसके निजी कागजात चुरा रहा है।"

"ठीक है, आपको अपनी स्थिति पता है, आप और आपके जुर्म के साथी यहाँ। अगर मैं गाँव से गुजरते हुए मदद के लिए चिल्लाऊँ तो-"

"महोदय, यदि आपने इतना मूर्खतापूर्ण कुछ किया तो आप शायद हमारे गाँव की सराय के दो लिमिटेड टाइटल पर "द डैंगलिंग प्रशियन" का साइनपोस्ट दिलवा देंगे। अंग्रेजों में बहुत सब्र होता है, लेकिन इस समय स्वभाव में थोड़ी गर्मी आ चुकी है। और अगर इसकी परीक्षा न ली जाय तो ज्यादा अच्छा होगा। नहीं, मिस्टर वॉन बोर्क, आप हमारे साथ एक शांत, समझदार अंदाज में स्कॉटलैंड यार्ड जाएंगे, जहां से आप अपने दोस्त बैरन वॉन हेरलिंग को अपने लिए भेज सकते हैं, और देख लीजिएगा कि वह अब आपको उस राजदूत आवास में सुरक्षित कर सकते हैं या नहीं। वाटसन, आप अपनी पुरानी सेवा के दिनों से हमसे जुड़े हैं, तो मुझे लगता है कि लंदन आपकी पहुँच से बाहर नहीं होगा। मेरे साथ टेरेस पर खड़े हो जाओ, क्योंकि यह शायद आखिरी शांत बात होगी जो हमने कभी की हो।"

दोनों दोस्तों ने कुछ मिनटों के लिए अंतरंग बातें कीं, एक बार पुराने दिनों को याद किया, जबकि उनका कैदी अपने बंधनों को तोड़ने की बेकार कोशिश कर रहा था। जैसे ही वे कार की ओर मुड़े, होम्स ने वापस समुद्र की ओर इशारा किया और विचारशील तरह से सर हिलाया।

"वहाँ से पुरवाई आ रही है, वाटसन।"

"मुझे नहीं लगता, होम्स। यह बहुत गर्म है।"

"अच्छा वाटसन! आप बदलते युग में एक अटल बिंदु हैं। पुरुवा हवा आ रही है, ऐसी हवा जो अभी तक इंग्लैंड नहीं पहुँची है। यह ठण्डी और कड़वी होगी, वाटसन और हममें से कई लोग इसके विस्फोट से पहले मुरझा सकते हैं। लेकिन यह भगवान की अपनी हवा है, और एक साफ, बेहतर, मजबूत और जब तूफान साफ हो जाएगा तो धुप में ये लेट जाएगी। गाड़ी चलाओ, वाटसन, अभी हम रास्ते में हैं। मेरे पास पाँच सौ पौंड का चेक है, जिसे जल्दी भुनाया जाना चाहिए। क्योंकि आहर्ता इसे रोकने में पूरी तरह सक्षम है।"

❑❑❑

देश में एक मौत

चार्ल्स बोमाँट

वह 11 घंटे से गाड़ी चला रहा था और वह भूखा था। उसका शरीर थकान से गर्म हो चुका था लेकिन वह रुक नहीं सकता था। वह सड़क के किनारे गाड़ी खड़ी करके आराम नहीं कर सकता था क्यूँकि वह सोचता है कि अगर वह ऐसा करेगा तो वह सो जाएगा और सारी रात सोता ही रहेगा। ऐसा करने पर शहर देर से पहुँचेगा और रेस के लिए बहुत देर हो चुकी होगी, और फिर क्या होगा?

तो वह ड्राइव करता रहा। 70 की स्पीड में एक लम्बी रेखा में घने हरे पहाड़ों को लाँघते हुए खतरनाक मोड़ों से गुजरता रहा। वह 80 की स्पीड में भी गाड़ी चला सकता था और तब शायद उसकी दुविधा कम भी हो जाती, क्यूँकि वह जल्दी पहुँच जाता, पर तभी बारिश होने लगी। और इस वजह से अँधेरा छा गया। ऐसा लग रहा था जैसे धुंध पड़ी हो।

बक लार्सन ने खिड़की तीन इंच नीचे कर दी और अपने फेफड़ों में ठंडी, तेज हवा भरने लगा। तरो-ताजा हवा ने गर्मी कुछ हद तक कम कर दिया। बारिश ने उसके दिल को निराश कर दिया था, लेकिन इस हवा ने उसमें ताजगी भर दी थी। वह बारिश से नफरत करता था। बारिश अच्छी नहीं होती।

जरूर, कभी-कभी ये ठीक भी होती है; वनस्पतियों को उगने में मदद करती है, लेकिन हमेश नहीं। लोग कहते हैं- या खुदा, कितनी सुन्दर बारिश है! कितना अच्छा है! होती होगी खूबसूरत, लेकिन जब आपको इस बारिश में 'रेस' लगानी हो तब ये खूबसूरत नहीं हो सकती। तब अलग ही मामला होता है। अचानक वह आसमान की ओर देखने लगा। कुछ काले बादल देखकर उसका दिल धड़कने लगता और वह डर जाता। कोई भी उसे देखकर कह सकता था कि वह डर रहा है; वह भगवान से प्रार्थना कर रहा था कि किसी तरह इस बारिश को कुछ घंटों के लिए रोके रखो। लेकिन बारिश... तो जैसे होनी

ही है। अब ठीक-ठाक ट्रैक भी कीचड़ में बदल जाएगा और ऐसे में सिर्फ आपका भाग्य होगा अगर आपकी कार कहीं फँस न जाए। और फिलहाल तो ऐसा नहीं लगता कि तुम भाग्यशली हो। पैसा आपके पास है नहीं और आपके पास इसके अलावा भी कुछ नहीं है। बारिश ट्रैक को नरम कर देती है। जब लगता है कि सब ठीक चल रहा है तभी आप किसी गड्ढे में फँस जाते हैं और पहिया आपके बस में नहीं रह जाता, आप कोशिश करते हैं काबू पाने की लेकिन बहुत देर हो चुकी होती है- बहुत ज्यादा देर, आपके बस से सब कुछ निकल रहा होता है! आप जानते हैं कि आप गिरते जा रहे हैं। और कुछ भी करके ये रुक नहीं सकता, न तो दुनिया की बेमन से की जाने वाली प्रार्थनाएँ और न ही कुछ और। इसलिए आप तेजी से तहखाने में धँसते जाते हैं, आप उम्मीद करते हैं कि रोल बार पकड़ में आ जाएगा, उम्मीद करते हैं कि दरवाजे नहीं खुलेंगे, उम्मीद करते हैं कि पीछे आ रही जूम-जूम करती गाड़ियाँ आपको नुकसान नहीं पहुँचाएँगी। आप बस आशा ही करते हैं जबकि होता हमेशा वही है जिसकी आशा नहीं की जाती।

और जब ये सब खत्म होता है तो आपके पास या तो एक टूटा हुआ हाथ होता है या फटा हुआ सर! फिर आपको ये मुश्किल होती है कि कार पूरी तरह बिगड़ चुकी होगी और आपकी कार का बीमा तो कोई कंपनी करेगी नहीं। वो अंधे हवाई जहाज-पायलट का बीमा भले कर दें, लेकिन आपकी कार का नहीं करेंगे। ये सब सोचते-सोचते उसने अचानक सर झटका और सोचा तुम्हें ज्यादा खतरा नहीं है। उसने जोर से सिर झटका और खुद को रिलैक्स करने की कोशिश की। ग्रेंज पहुँचने के लिए अभी भी 60 मील का सफर तय करना था- साठ छोटे-छोटे मील। कुछ नहीं। तुम इसे आराम से कर सकते हो, तुमने पहले भी तो किया है। (लेकिन तब तुम युवा थे, याद रखो। अब तुम 48 साल के हो। तुम एक बूढ़े तुच्छ इंसान- तुम थके हुए हो और बारिश से डरते हो। यह सही है। तुम डरे हुए हो।)

नरक है!

बक लार्सन ने स्लेटी रंग के आसमान की ओर देखा जिससे उसके माथे पर बल पड़े। फिर उसने धुंधली विंडशील्ड से झाँका। उसने देखा कि सामने एक मोड़ आ रहा है। उसने अपना पैर एक्सेलरेटर पर जोर से लगाया और गाड़ी की स्पीड 97 मील कर दी और इसी रफ्तार से उसने उस घुमाव में घुसा। कार का पिछला सिरा बाई ओर धीरे से खिसकने लगा। उसने थ्रोटल को हल्का किया, सीधी दिशा में किया और पहियों को पूरी शक्ति दे दी। पहिए अटक गए।

ध्या, उसने कहा।

स्पीडोमीटर की सुई वापस 70 पर आ गिरी और फिर हिली नहीं। रिलैक्स होने पर उसने खुद से पूछा-तुम ठीक हो, उसने सोचा, इतना तो संभलता नहीं और तुम देश के किसानों को अपनी पिछली जेब में रखने की बात करते हो! बेहतर है कि तुम पहले यही काम ठीक से कर लो।

उसने सोचा कि पहला स्थान उसे रेस में न भी मिला तो शायद दूसरा ही मिल जाए और दूसरा न मिला तो उसे तीसरा मिलना तो जरूरी था। तीसरे पर तीन सौ डॉलर ईनाम मिलना चाहिए। लेकिन, उसने सोचा, अगर बारिश ने गेट खराब कर दिया तो क्या होगा? कोई बात नहीं, ऐसा नहीं होगा। उसने सोचा कि वह जंगली भेड़िए की तरह रेस में हिस्सा लेने जा रहा है तो उसे थोड़ी-सी बारिश रोक नहीं पाएगी।

एक साइन बोर्ड पर लिखा था: ग्रेंज - 41 मील।

बक अपनी हेडलाइट्स पर देख रहा था। ट्रैफिक सड़क पर दिखने लगा था और वह किसी तरह इससे खुश था कि लोग नजर आ रहे हैं। जब आसपास लोग होते हैं तब आप चिन्तित नहीं होते। वह बस यही चाहता था कि वे उसे न देखें, ऐसा लग रहा था मानो वह किसी का अंतिम संस्कार करने समय से बहुत पहले चला आया हो। उसने खुद को कोसते हुए कहा "तुम कुत्ते के पिल्ले हो।" मन ही मन उसने सड़क पर दिख रहे लोगों के बारे में कहा- तुम मुझे नहीं जानते, मैं तुम्हारे लिए एक अजनबी हूँ, लेकिन तुम सब कल मुझे मरते हुए ही देखना चाहते हो। तुम यही चाहते हो, और यही वजह है कि तुम सब रेस देखने जाओगे। लेकिन बता दूँ कि मैं तुम सबको निराश करूँगा... और बिल्कुल करूँगा। यही वजह है कि मैं लोगों में लोकप्रिय नहीं हूँ क्यूँकि मैं बहुत समय तक जिंदा रह गया हूँ। अगर मैं जल्दी मर गया होता तो मैं शहीदों की तरह महान हो जाता।

(और फिर उसने सोचा कि नहीं, मेरे कम लोकप्रिय होने का कारण यह नहीं है।"तुम्हारे न लोकप्रिय होने का ये कारण नहीं है कि तुम बहुत अच्छे नहीं हो। कम-ऑन लार्सन इस बात को मान लो। इसका सामना करो। तुम बूढ़े हो और तुम कमजोर हो रहे हो। तुम अब झिझकते हो। इसलिए तुम बड़े इवेंट्स में रेस नहीं लगाते, क्यूँकि उनमें तुम पीछे रह जाते हो। तुम्हें कोई देखता भी नहीं। तुम्हें तो कोई पैसे देने को भी तैयार नहीं होता। हालाँकि तुम मेहनत तो उतनी ही करते हो। यही वजह है कि तुम यहाँ आते हो, स्थानीय लड़कों के साथ रेस लगाने। क्यूँकि तुम्हारे पास बहुत अनुभव है और उसी का फायदा तुम्हें यहाँ मिलता है और यहाँ तुम पैसा कमा पाते हो। लेकिन अब तुम इसे खो रहे हो, तेजी से। समन्वय का रास्ता बिखरने को है, अब तुम उतनी तेज नहीं सोचते हो, तुम उतनी तेज नहीं चलते और न ही अब तुम तेज ड्राइव ही कर पाते हो।")

एक बड़ा 'लिंकन' (एक तरह की कार), गड्ढों के साथ हिचकोले लगाता हुआ निकला। ड्राइवर ने घूर कर देखा। मुझे क्षमा करें, बक ने उससे कहा। फिर बक ने खुद से कहा- मैं तुम्हारे लिए मरना चाहता हूँ, दोस्त, लेकिन मैं इसके लिए तैयार नहीं हो पा रहा; मैं इससे ऊब चुका हूँ, तुम्हें पता है कि यह कैसे होता है।

लेकिन फिर उसका विचार ट्रैक पर लौट आया। वह रेस के दौरान होने वाले एक्सीडेंट की संभावना पर सोचता है- मेरा मतलब है, आप कभी नहीं बता सकते। हो सकता है कि मैं अपने सर के बल गिर जाऊँ और कोई बदबूदार कार मेरे ऊपर से गुजर जाए और उन्हें मुझे एक रेक के साथ उठाना पड़े। यह हो सकता है।

बक ने अपनी कुहनियों से व्हील को स्थिर करने की कोशिश की और अपने सिगार को जलाया। ऐसा हो सकता है, ठीक है, उसने सोचा। लेकिन मुझे नहीं। बक लार्सन को नहीं। उसने सिगार पर अपने दाँत जोर से दबाए, और सोचा, हाँ, यही कार्ल बीचम ने यही कहा- तुम्हें भरोसा करना होगा कि तुम्हारे साथ कभी भी बुरा नहीं होगा। कार्ल गलत था; उसने पाया - यह क्या था? - चार साल पहले बोनेली में, जब वह एक दीवार से टकराया और उछल कर ऊपर चला गया था।

टेप वाले हैंडल पर अपनी मोटी, चौकोर उँगलियाँ कस लीं। और एक सिगार जला लिया। यह हो सकता है, लेकिन मेरे साथ नहीं। जब भी वह खुद को कार्ल, या सैंडी, या चिक स्नाइडर, या जिम लोनरगन, या किसी अन्य के बारे में सोचते हुए पाता, तो वह अपने दिमाग में एक रस्सी खींच लेता और उसके दिमाग में अदृश्य विशाल शटर नीचे आ जाता और फिर वह उनके बारे में सोचना बंद कर देता। वे सभी उसके दोस्त थे। अब वे मर चुके थे, या रिटायर हो गए थे और बस अपनी जिन्दगी किसी तरह गुजार रहे थे। और अब उसके पास बाहर जाने के लिए कोई साथी न था, कोई ऐसा साथी जिसके साथ वह बियर पिए, या शायद ताश खेल ले या फिर यूँ ही बेवकूफों की तरह घूमे। वह अकेला था; और इस बात का बतंगड़ बनाकर तुम इसे और खराब क्यूँ कर रहे हो?

बहुत सारे लोग अकेले हैं। बहुत से लोगों के पास गाड़ी भी नहीं है, इस तरह की घटिया गाड़ियाँ भी कइयों के पास नहीं है।

उसने खुद से कहा कि वह बेहतर दिखती है, और उसे आश्चर्य नहीं हुआ - जैसा कि उसने एक बार सोचा था - क्यों, जब से वह इस बात से नफरत करता था कि आखिर उसने रेस ड्राईवर बनने का फैसला क्यूँ किया था। यह कोई बड़ा रहस्य नहीं था। जिस शहर में वह पला-बढ़ा था, उस

शहर में एक डर्ट-ट्रैक था। वह पिट्स के आसपास ही रहता था क्यूँकि उसे कारों को देखना और उनका शोर सुनना पसंद था। और वह छोटा था, पर वह एक अच्छा मैकेनिक भी था इसलिए उसने ड्राइवरों की मदद भी की।

फिर, उसे याद नहीं आया कि वह कौन था, शायद कोई बीमार हो गया था और उसने उसे गाड़ी चलाने के लिए कहा था। यह एक रोमांच था, इसके पहले उसने ऐसा रोमांच कभी महसूस नहीं किया था। तो उसने फिर कोशिश की। और हो गया। वह तब से ही गाड़ी चला रहा था; केवल यही एक चीज थी जो वह जानता था कि कैसे करना है। (नहीं, यह भी सच नहीं था। वह एक मैकेनिक के रूप में जीवन यापन कर सकता था।)

तो मैं क्यों नहीं? मैं करूँगा। ये जो उल्टी-सीधी जिन्दगी है, इसको खत्म करके मैं गैराज शुरू करूंगा और बाकी जो अपनी जान जोखिम में डाल रहे हैं उन्हें डालने दो। अरे यार! फिर से बारिश अचानक तेज हो गई, और उसने गुस्से में खिड़की को ऊपर किया। लगभग एक घंटे तक उसने सिर्फ कार के बारे में सोचा। वह मानसिक रूप से बस यही सोच रहा था कि कहीं कार का कोई हिस्सा बिगड़ न गया हो, उसने लगभग हर भाग की जांच की और सुनिश्चित किया कि यह सही है। भगवान जानता था कि वह दो साल इस पुराने इंजन के साथ चल रहा है; उसने सोचा कि अधिकतर लड़के नई कारों के साथ आएँगे जिनमें आधुनिक इंजन होंगे । उसने तय किया कि उसे कुछ से लड़ना होगा।

बक ने अपनी स्पीड कम करके 45 तक कर ली और फिर 25 की स्पीड में आ गया, और फिर उसने गैस स्टेशन के सामने कार रोक दी। वह बाथरूम गया, उसने अपने चेहरे पर ठंडे पानी की छींटे मारे, कुछ जमी हुई मैल पोंछी।

वह एक रेस्तरां में गया और उसने अपने पास बचे 6 डॉलर्स से रात का खाना खाया।

फिर वह चेवी(गाड़ी का नाम) को द प्लांटेशन नामक एक होटल में ले गया और उसे बंद कर दिया। बारिश उसकी झुर्रियों वाली खाल पर चमक रही थी, ये झुर्रियाँ उसे कई रेसों से प्राप्त हुई थीं, जिन्हें वह लड़ाइयाँ मानता था, बारिश के मौसम ने इन्हें कम बदसूरत बना दिया था। लेकिन वह बदसूरत था, जो भी हो। यह एक कठिन, अनुभवी, महान और विवादित उम्र का होना था। और हालाँकि यह सामान्य यात्री कारों के समान था, पर ऐसा भी कुछ नहीं था। यह उछलने वाला, नीचा, अच्छी तरह से तैयार किया हुआ, संतुलित, एक लड़ाकू जंगली जानवर जैसी प्रवृत्ति थी। सड़क पर वह भेड़ के बच्चों में एक भेड़िया था; और वह केवल ट्रैक पर ही अपने को स्वतंत्र और खुश महसूस करता था और घर पर भी।

चेवी खुद बक लार्सन की तरह थी, बक ने इसे महसूस किया। उन दोनों ने एक साथ बहुत कुछ किया था। वे कई बार मौत के बेहद करीब आ चुके थे लेकिन वे जिन्दा थे। किसी भी तरह वे दोनों जीवित थे और अब वे एक साथ थे। और शायद वे बदसूरत और बूढ़े थे और नई गाड़ियों की तरह तेज नहीं थे । लेकिन वह कुछ चीजें जानता था, वो दोनों कुछ ऐसी चालें जानते थे जो इन लोगों (नई गाड़ियों और उनके चालकों) को बिल्कुल नहीं पता हैं। बक ने टायरों की ओर देखा, सिर हिलाया और होटल में चला गया। उसने 5:30 बजे कॉल की। बक अपने कमरे में गया, जो छोटा था और गर्म भी लेकिन इस कमरे का किराया महज तीन डॉलर था तो ऐसे में आप और क्या उम्मीद कर सकते हैं? उसने बारिश की आवाज सुनी तो वह जैसे बारिश से ही बहस करने लगा- "देखो, मैं कल दूसरे या तीसरे नम्बर पर आऊँगा, तुम मुझे रोक नहीं सकते। मुझे माफ करो।" उसने लाइट बंद कर दी और गहरी काली नींद में सो गया।

जब वह उठा, तो खिड़की के पास गया, और देखा कि बारिश रुक गई है; लेकिन ऐसा लगता है कि बारिश घंटे भर पहले ही रुकी है, तो इससे कोई फर्क नहीं पड़ने वाला। उसने बाहर जाकर एक खुली जगह देखी और टोस्ट और कॉफी का हल्का नाश्ता किया। फिर उसने चेवी को ड्राइव करना शुरू किया और शहर से 13 मील दूर सोल्टन ट्रैक तक ले आया, वहीं रुक गया। वह एक खेत के बीच में बैठ गया जो आमतौर पर धूल से भरा होता था, लेकिन बारिश की वजह से नदी के पाट में बदल गया था, सतह काली मिट्टी से पतली थी। ट्रैक दूसरे ट्रैक्स की ही तरह था- ग्रे, लकड़ियों की सड़ी एक बाड़; कठोर, चरमराती बेंच; एक लकड़ी की भारी दुर्घटनाग्रस्त दीवार; और गीली गंदगी का एक ओवल जैसा कुछ। एक बड़ा रोलर उसे तेजी से नीचे दबा रहा था, लेकिन इससे कोई फायदा नहीं होगा। कुछ हॉट क्वालिफाइंग लैप्स और कीचड़ भर जाएगी। थोड़ी-सी गर्मी पाते ही यह फिर से एक झील में बदल जाएगी। भोर अभी-अभी हुई थी, और आकाश पर धूसर प्रकाश धुला हुआ सा लग रहा था। यह शांत था, रोलर की कोई आवाज नहीं आ रही थी, रोलर के पीछे का आदमी चुप और थका हुआ था। ठंड भी थी, लेकिन बक ने अपने कपड़े की जैकेट उतार दी।

उसने डिग्गी से अपने औजार निकाले और उन्हें जमीन पर रख दिया। उसने पहले कार का साइलेंसर निकाला; फिर, विधिपूर्वक, पीछे के छोर को ऊपर उठाया, बाएं टायर के हैक को हटा कर देखा। उसने इसके दबाव की जांच की, इसे वापस पहिए पर फिट किया और दूसरे टायरों के साथ भी ऐसा ही किया। फिर उसने पहियों की जाँच की। फिर ब्रेक। जल्द ही और कारें आ गई, और कुछ ही देर में पिट्स भर गए। बक ने चेवी की

जांच कर ली और उसे यकीन हो गया था कि यह सही है और तैयार है। उसने अपने बड़े हाथों को एक तेल लगे कपड़े से पोंछा और कम्पटीशन की ओर एक नजर डाली। जितना उसने सोचा था ये उससे भी मुश्किल होने वाला था।

दो बिल्कुल नए सुपरचार्ज्ड फोर्ड थे, एक 1957 का ईंधन-इंजेक्शन शेवरलेट, तीन डॉज डी-500 और एक आकर्षक दिखने वाला प्लायमाउथ फ्यूरी। बाकी ऑटोमोबाइल स्टैण्डर्ड थे तो कई दुर्घटनाग्रस्त गाड़ियाँ, लगभग जलोपियां, जिनके साइड और टॉप बुरी तरह निकले हुए थे। उन्नीस, कुल मिलाकर उन्नीस थे। और मुझे उनमें से कम से कम 17 को हराना है, बक ने सोचा। वह एक नई पोंटिएक कार के पास गया और अंदर देखने लगा। ये नाजुक सी लग रही थी। बिल्कुल नाजुक। लेकिन कुछ कहा तो नहीं जा सकता। उसने कार के किनारे छपे नाम की जांच की: टॉमी लिंडन। बक ने रैग को दूर रख दिया और चेवी में लौट आया।

कई घंटे बीत चुके थे, और जल्द ही 12 बज जाएँगे, क्वालीफाइंग समय। बेहतर होगा कि वह थोड़ा आराम कर ले। वह तिरपाल पर लेट गया और अपनी आँखें बंद करने ही वाला था कि उसने एक युवा आदमी को पोंटियाक की ओर जाते हुए देखा। जाहिर है सोल्टन में नो फीमेल्स अलाउड रूल के बारे में नहीं सुना था, क्योंकि उसके साथ एक लड़की थी। वह भी जवान थी; शायद 21 या 22 की। और उनमें से अधिकांश की तरह कठोर नहीं बल्कि नर्म, हल्की और साफ। बक ने सोचा कि कुछ लड़कियां हमेशा साफ ही रहती हैं। उन्हें कोई फर्क नहीं पड़ता कि वे कहाँ हैं और क्या करने जा रही हैं।

अगर अन्ना-ली थोड़ा और इस तरह होती (बस थोड़ा ही) तो शायद वह उसके साथ फँस जाता। लेकिन वह कुतिया थी। उस तरह की औरत से कोई क्यूँ ही शादी करेगा? उसने लड़की की ओर देखा और अपनी पूर्व पत्नी के बारे में सोचा, फिर उसका ध्यान बच्चे पर गया। पच्चीस साल का। सुंदर, साहसी: वह सोचता है कि उसके पास बहुत कुछ है। ये तो आप उसे देखकर बता ही सकते हो। उसकी आँखों को देखो।

बक आधी नींद में सो गया और तब तक ऐसे ही लेटा रहा जब तक लाउडस्पीकर ने क्वालीफाई करने के समय की घोषणा नहीं की; वह उठा और उसने नम्बर्स के आर्डर को सुनना शुरू किया। बाईस, पहले। निन्यानवे, दूसरा। सात, तीसरा।

वह नौवें नम्बर पर था।

लोग पिट्स में इधर-उधर भागने लगे; ग्राहक ग्रैंडस्टैंड में चले गए; स्पीकर गूँज रहा था। फिर नंबर 22, एक पीली फोर्ड, लाइन तक पहुँची।

यह झंडे के लहराते ही दहाड़ गई।

दूसरों ने पीछा किया।

जब उसका नम्बर पुकारा गया तो बक ने चेवी को थपथपाया और गाड़ी के इंजन ने घुरघुर की आवाज की। ट्रैक पर गाड़ियाँ दौड़ने लगी थीं लेकिन अभी भी सबसे तेज समय तक पहुंचना संभव था। जैसे ही झंडा गिरा, वह धीरे-धीरे आगे बढ़ा, बैकस्ट्रेच पर कुछ भाप उठी और उसके पैरों के पास थरथराहट हुई और लाइन तक वह गरजते हुए आया। उसने अपने दूसरे प्रयास में दक्षिण की दीवार को हल्का सा छू लिया लेकिन ये तो कुछ भी नहीं था, महज एक खरोंच थी।

वह पिट्स में गया और एनाउंसर की आवाज सुनने के लिए एकदम समय पर अपना हैलमेट हटायाः "कार नंबर छह, बक लार्सन द्वारा संचालित - 26:15."

भीड़ में बड़बड़ाहट की आवाज हुई। बक ने फैसला किया कि यह एक अच्छा गेट होगा और वह फिर से सेटल हो गया। द फ्यूरी 23:15 से कुछ अधिक समय पर चली।

फिर पोंटिएक की बारी थी।

"कार नंबर 14, टॉमी लिंडेन द्वारा संचालित, अप।"

ग्रे कार के पाइप चालू होते ही बेरहमी से उछल पड़े। अब ट्रैक खराब हो चुका था। सच में ख़राब। बक को ठीक तरह से महसूस हुआः उसके पास अब स्टार्टिंग से दूसरी पोजीशन थी। इस में कोई भी 23:15 को छू नहीं सकता।

पोंटिएक ने टेक-ऑफ में इतनी तेजी से गति ली कि पिछला भाग लगभग चारों ओर घूम गया। आराम से, 14, बक ने सोचा। आराम से। यह तुम्हारे साथ आयी छोटी लड़की को इम्प्रेस तो करेगा लेकिन तुम्हारा पिछवाड़े को निबटा देगा।

14 नंबर आखिरी मोड़ से लगभग बगल में आया, सीधा हुआ, और लाइन के पार चिल्लाया। यह ट्रैक पर, दीवार के पास, हर मोड़ पर फँसता सा गया। जाते-जाते बक ने बच्चे का चेहरा देखा। वह निःशब्द था। निगाहें सीधे सामने टिकी हुई थीं। सब खत्म हो गया था और लाउडस्पीकर ने गरजाः "टॉमी लिंडेन, नंबर 14, इसे 26:13 में बदला जाता है!"

बक ने मुँह फेर लिया। दूसरी सुपरचार्ज्ड फोर्ड शायद इसे 23 से कम पर ले आएगी। निश्चित रूप से इसमें दम होगा।

बच्चा पोंटिएक से बाहर रेंगता रहा, लेकिन इससे पहले कि वह अपना हेलमेट उतार पाता, गुलाबी पोशाक में लड़की टायरों के ढेर से कूद गई और अजीब तरह से पट्टा खींचने लगी। बच्चा मुस्कुराया। "कम ऑन, उसे जाने दो," उसने कहा, और लड़की को धीरे से एक तरफ धकेल दिया। उसका चेहरा पहले से ही गंदा था, अब वह कोई युवा नहीं लग रहा था। उसने अपने टायरों को देखा और बक के पास पैदल चलकर गया। "हे," उसने कहा, "कोई मेरी टोपी के साथ कुछ हरकत कर रहा था, मुझे समय नहीं मिला। आपको याद है न?"

"26:13," बक ने कहा।

"नॉट टू बैड, अरे?" बच्चे ने खुशी से कहा। फिर, उसने अपनी चेविंग गम थूक दी। "आपका क्या टर्न है?"

"26:15," बच्चे ने बक को देखा, उसकी उम्र और उसके चेहरे पर चिंता को नोटिस किया।

"ठीक है," उसने कहा, "हेल, इसमें कुछ भी गलत नहीं है। आप पहले सोल्टन के आसपास रहे हैं?"

"ज्यादा समय के लिए नहीं," बक ने कहा।

"ठीक है, जैसे, कभी-कभी मैं थोड़ी प्रैक्टिस करने को समय निकाल लेता हूँ; आपको पता है?" वह रुका, "मैं टॉमी लिंडेन हूं, पाइनटॉप पर रहता हूं।"

बक ने अपना हाथ नहीं बढ़ाया। लेकिन उसने कहा- "लार्सन।"

युवक ने अपनी जेब से एक और चेविंग गम निकाली, इसका रैपर खोलकर फेंक दिया, इसको स्टाइल से मोड़ा और अपने मुँह में डाल लिया। "मैं आपको कुछ बताऊंगा," उसने कहा, "देखो, जैसा मैंने तुमसे कहा था, मैं कभी-कभार यहां अभ्यास करता हूं। मुझे एंडी गैमन के गैराज का सहयोग मिला हुआ है- ये पाइनटॉप में है? - देखें, और बात यह है कि, मैं 36 के ऊपर हूँ। आप जानते हैं न? द ब्लोन फोर्ड?"

"य्ह!"

"तो, मेरा मतलब यह है कि, अगर आप मुझे पास कर सकते, क्या फालतू बात है, समझ गये न आप मेरा मतलब? लेकिन, हम्म! - अगर नहीं कर सकते हैं, तो मैं अपने रास्ते में आने के लिए आपकी तारीफ करूँगा।" बच्चे की आँखें सख्त और गुस्से में लग रही थीं। "मेरा मतलब है कि मुझे वह फोर्ड चाहिए।"

बक ने ध्यान से अपना सिगार जलाया। और उसने कहा- "जो मैं कर सकता हूँ, वह मैं जरूर करूँगा।"

"बहुत बहुत धन्यवाद," बच्चे ने कहा। उसने उसे आँख मारी और कहा, "मेरे साथ एक हॉट लड़की है, देखो। वह सोचती है कि मैं बहुत अच्छा हूँ। मैं उसे निराश नहीं करना चाहता, आप जानते हैं न?" उसने बक के कंधे पर हल्के से थपथपाया और अपनी कार में वापस चला गया। उसने लो वेस्ट जींस पहनी थी जो टाइट भी थी और नीचे उसने एक जोड़ी काले गहरे रंग के बूट पहने थे। उसे कोई चिंता नहीं है, बक ने सोचा। वह थोड़ा डरा हुआ हो सकता है, लेकिन वह चिंतित नहीं है। देखा जाए तो ये अच्छी बात है।

सूरज तपने लगा और गर्मी ने बक के कपड़ों को भिगो दिया। वह पुरानी अधीरता, प्रतीक्षा की पीड़ा को महसूस करने लगा। आखिर इन लोगों को हमेशा इतना लंबा वक्त क्यूँ लगता है? उसे आश्चर्य हुआ।

इसका कोई कारण नहीं है। उसने पटरी पर चलना शुरू कर दिया, लेकिन उसके पैर की प्लेट ऊपर आ रही थी-हमेशा ऐसा होता है जब भी बारिश होती है- और वह बैठ गया। उसका चेहरा गीला था; उसके कान के पीछे चमकदार निशान, चमड़ी पर हुई गंदगी, और पसीने ने उसके नथुने से निकलने वाले काले बालों की में उलझन पैदा कर दी थी। उसने ऊपर देखा और गुलाबी पोशाक में टॉमी लिंडेन और उसके साथ लड़की को देखा। वह बच्चे के कान में कुछ फुसफुसा रही थी; वह हँस रहा था। बाप रे, कितनी गर्मी है! उसने अपना चेहरा पोंछा, टॉमी लिंडेन और लड़की की ओर से मुड़ा और अपने टायरों की दोबारा जाँच की। इसके बाद उसने एक और बार हर चीज की जांच की। यह पहली रेस का समय था, पांच-लैप की ट्रॉफी डैश। वैसे यह किसी में भी जोड़ा जाता था। रेस शुरू हुई; दो फोर्ड एक ही बार में आगे बढ़ गई । बक ने चेवी को गोली की तरह आगे बढ़ाया और उनका पीछे किया। 15 नंबर ने अपने पहियों को नचाने में ही बहुत समय गँवा दिया और वह पीछे रह गया। लेकिन वह वहीं रुक गया, दाहिनी ओर हुआ, फिर बायीं ओर। बक जानता था कि वह अपनी पोजीशन बनाए रख सकता है - लेकिन उसने सोचा कि कोई चांस नहीं लेना चाहिए; इसलिए उसने चौड़ाई में कार को घुमाया और पोंटिएक को अन्दर से ही आगे जाने दिया।

कार खतरनाक रूप से सड़क के किनारे चलने लगी। वह किसी तरह ट्रैक पर बना हुआ था।

कुछ ही मिनटों में यह खत्म हो गया और बक की चेवी एकमात्र कार थी जिसे पास किया गया था। उसे मर्सिडीज को पकड़ने में कोई परेशानी नहीं हुई थी और उसने अपने और फरी के बीच पर्याप्त अंतराल बनाए रखा था।

लेकिन निश्चय ही इसका कोई खास मतलब नहीं था। 'शार्ट हीट्स' भीड़ को टाइम पास वाला मनोरंजन देने के लिए होती है। कोई भी उसे सीरियस नहीं लेता है।

मोटरसाइकिलों के एक झुंड ने 10 लैप्स लीं, जिससे डर्ट नर्म पड़ गई; दो और डैश थे; और फिर समय था बड़े खेल का – 150 लैप वाला मेन इवेंट।

एक बार फिर बक लाइन में आ गया; इस बार उल्टी तरह से रेस होगी। तेज कारें पीछे से, और धीमी कारें आगे रहेंगी।

वह कंधे से फिसल गए सुरक्षा बेल्ट को कसकर सावधानी से बाँधा, दरवाजों की जाँच की, और अपना हेलमेट लगा लिया। यह गर्म था, लेकिन उसे इसकी आदत भी हो सकती है; उसे लम्बे समय तक इसे लगाना पड़ेगा।

नंबर 14 उसके बगल में आया, उसका इंजन गरज रहा था। टॉमी लिंडेन ने अपना हेलमेट फिट किया और नाटकीय रूप से आगे बढ़ा। उसकी आँखें बक से मिलीं और दोनों की आँखें रुक गईं। "आपको पता है कि?" लिंडन चिल्लाया, "मुझे नहीं लगता कि दोनों फोर्ड बिल्कुल भी दम है, आप जानते हैं कि मेरा क्या मतलब है?"

बक मुस्कुराया। बच्चा ठीक है, उसने सोचा। एक बहुत अच्छा बच्चा। "अच्छा। तुम हो?"

वह चिल्लाया।

"बिलकुल नहीं!" लिंडन मजे लेटे हुए गरजा।

"मैं भी नहीं।" "क्या?" लाउडस्पीकर बज उठा।

"रेड नॉरिस अब ड्राइवरों को पेश करेंगे!" आगे की ओर ट्रैक बारिश पर पहाड़ की पगडंडी की तरह लग रहा था; उसके चारों ओर कीचड़ के बड़े-बड़े थक्के और काले रंग के चिपचिपे ताल दिखाई दिए; कहीं कोई साफ जमीन नहीं दिख रही थी।

बक ने 14 वें नंबर पर नजर डाली और टॉमी लिंडन को ग्रैंडस्टैंड पर लहराते हुए देखा। एक अधेड़ उम्र के आदमी ने हाथ हिलाया। बक दूर निकल गया।

"उससे मुझे निबटने दो?" बच्चा 36 नंबर की ओर इशारा कर रहा था।

"मुझसे मत पूछो! उससे पूछो!"

"हाँ, मैं ऐसा क्यों नहीं करता!"

परिचय के बाद, आधिकारिक रेफरी हरी झंडी के साथ आया और उसने झंडे को फहरा दिया। सभी चालकों ने अपना हेलमेट बाँध लिया था। सन्नाटा एक पल तक चला, फिर 19 रेसिंग स्टॉक कारों से कांपने वाले विस्फोटों की गूँज से भर गया। बक ने मुस्कुराना बंद कर दिया; उसने टॉमी लिंडन के बारे में सोचना बंद कर दिया, किसी भी अन्य इंसान के बारे में उसने सोचना बंद कर दिया। उसने केवल आने वाले पलों के बारे में सोचा। मैं 36 का पालन करूंगा, चाहे ट्रेल टूट जाए फिर मैं रुक जाऊँगा। मुझे बस इतना ही करना है। बस दीवार के बहुत करीब नहीं रहना। सफाई से चलो और 36 पर रुको और तुम सुरक्षित हो।

कारें लगभग पूरे एक मिनट तक घायल शेरों की तरह दहाड़ती रहीं। उनमें से कुछ तो हेल्दी लग रही थीं जबकि बाकी जैसे खाँस रही थीं। फिर झण्डे वाले व्यक्ति ने झंडा लहराया, रोलिंग शुरू हो गई। बक पोंटिएक को पट्टे पर तनावग्रस्त, आगे बढ़ते हुए देख सकता था। उसने स्तर बनाए रखा। वे धीरे-धीरे चारों ओर घूमते थे, रेफरी ने उनका निरीक्षण किया कि वे सभी ठीक हैं और उन्हें झंडा दिया।

यह एक रेस थी।

बक ने तुरंत पोंटिएक चौंकाते हुए अपना पहिया काट दिया, लेकिन बच्चा तेज था; उसने इस कदम का अनुमान लगाया था और बक को पकड़ने के लिए दाहिनी ओर बढ़ गया। पहले मोड़ पर, 14 नंबर ने शातिर तरीके से अपना पिछला भाग मोड़ा, और बक जानता था कि उसे दीवार को छूते हुए बैल की तरह काम करना होगा या फिर पीछे रह जाना होगा। वह पीछे रह गया। अभी भी काफी समय था।

उसने पोंटिएक का पीछा किया, वह पॉन्टिएक के बहुत करीब थे लेकिन उसने पाया कि यह इतना आसान नहीं था। हर मोड़ पर कार आगे बढ़ रही थी, वह बस यही कर सकता था कि रेस में बना रहे। आगे, फोर्ड बड़ी आसानी से अपना रास्ता निकाल रही थे, जिसकी वजह से कीचड़ बन गया था। उसने कुछ रिलैक्स किया और अपने लम्बे अनुभवों का उपयोग किया। धीरे-धीरे पोंटिएक आगे बढ़ रही थी; 15 मिनट के भीतर इसने छठे नम्बर पर चल रही मरकरी को पीछे कर दिया और अब ये पांचवें पर आ रहा था। बेहतर होगा कि तुम इसे न ही आजमाओ, बक ने अपने आप में सोचा। वे लड़के ज्यादा मेहनत नहीं कर रहे हैं। वे और भी तेजी से जा सकते हैं। मुझे उम्मीद है कि तुम यह जानते हो। लेकिन पोंटिएक शांत नहीं

हुआ, उसने अपनी गति को धीमा नहीं किया, और बक जानता था कि उसे अपनी रणनीति को बदलना होगा। उसने यह महसूस करने के लिए 14 नंबर की प्रतीक्षा करने की योजना बनाई थी कि यह एक तिहाई से बेहतर की उम्मीद नहीं कर सकता है; तब वह उसे झांसा देने वाला था। वह उसे तभी झांसा दे सकता है। जब ये थोड़ा नर्म पड़े, जब वे पूरी तरह से बाहर न हों और मुश्किल गाड़ी चला रहे हों, तब आप उन्हें झांसा दे सकते हैं।

लेकिन वह देख सकता था कि वह पोंटिएक को झांसा देना आसान नहीं है। वह केवल उससे आगे निकल सकता था, उसे थोड़ा परेशान कर सकता था, हो सकता है, उसे हिलाकर रख दे, एक बार उसे डगमगाए। एक बार निर्णय हो जाने के बाद, बक सीट पर अच्छी तरह से वापस चला गया। वे अब लगभग आधे रास्ते में थे। सात लैप होने दो फिर लगाएँ दाँव। वह उत्तरी मोड़ पर एक बीट-अप डॉज से आगे निकल गया और संतुलन बना ही रहा था कि ड्राईवर ने भूल कर दी। डॉज बेकाबू होकर कीचड़ भरे ट्रैक पर चला गया और दीवार पर जा पहुँचा। बक ने टेप लगे अपनी हैंडल को को आक्रामक रूप से बाईं ओर, फिर दाईं ओर घुमाया, और कार से किसी तरह बचने में कामयाब रहा। बाप रे! अब 14 नंबर चार और नम्बर ऊपर आ गया था और हवा की तरह उड़ रहा था। बक ने अपना बंपर सामने की मर्सडीज के बगल में रख दिया और एक्सीलेटर जोर से दबाया।

मर्सडीज डगमगाई; बक आगे बढ़ गया। दूसरी कार पर भी इस तकनीक ने काम किया; और अब वह 14 को पकड़ने की स्थिति में था क्योंकि वह शॉर्ट स्ट्रेट पर फोर्ड को पार कर रहा था। उसने तीन और लैप का इंतजार किया जब तक कि वे कुछ हद तक यातायात से बाहर नहीं हो गए और पोंटिएक का पीछा करने लगा। वे दोनों तेजी से टकराए और दोनों की गाड़ियाँ बेकाबू-सी होने लगीं। बक ने बाईं ओर झूलते हुए और थोड़ी गहराई में जाकर पश्चिम की ओर जाने की कोशिश की लेकिन पोंटियाक ने उसे देखा और वह भी उतना ही गहरा चला गया; दोनों एक फुट से चूक गए।

बक के माथे से पसीना आ गया। और जब उसने 14 नम्बर को डराने की कोशिश की तो पाया कि यह काम नहीं करेगा। 14 नम्बर डरने वाला नहीं था तो अचानक उसके दिमाग में यह विचार आया कि शायद वह तीसरी पोजीशन नहीं हासिल कर सकेगा। लेकिन अगर उसने ऐसा नहीं किया तो वह अगले शहर या होटल के लिए, यहां तक कि गैस का बिल चुकाने में सक्षम नहीं होगा। उसके कंधे आगे की ओर झुक गए और बक लार्सन ने गाड़ी चलाना शुरू कर दिया; उस तरह नहीं जैसे वह पिछले दो वर्षों से चला रहा था, बल्कि जैसा कि वह करता था, जब वह छोटा था और बहुत कम चिंतित था, जब उसके दोस्त थे, उसके साथ महिलाएँ थीं।

आप अपनी प्रेमिका को प्रभावित करना चाहते हैं, उसने पोंटिएक से कहा, मैं तो सिर्फ खाने के लिए जाना चाहता हूँ। उसने पाँच और पास छह लैप के दौरान गुजारे, और दो बार तो वह लगभग आगे बढ़ गया था लेकिन ट्रैक छोटा होने की वजह से उसे हर बार पीछे ही रहना पड़ा। जब लगभग निश्चित था कि रेस अपनी समाप्ति के करीब पहुँच गई है तो उसने महसूस किया कि अब उसे अलग रणनीति अपनानी होगी। वह 14 के बंपर से चिपक गया; फिर, जैसे ही वे दक्षिण की ओर मुड़े, वह एक सेकंड के छोटे से हिस्से के लिए पीछे लटक गया – इतना लंबा कि उनके बीच थोड़ी सी जगह बन जाए। फिर उसने अन्दर की ओर जाने के लिए एक्सीलेटर को दबा दिया।

चेवी आगे बढ़ गई; एक पल में यह लगभग पोंटिएक के साथ हो गई। बक ने अपनी कार को नियंत्रण में रखने के अलावा और कुछ नहीं सोचा; वह जानता था कि वे दोनों उस स्थान पर थे, वहीं, जहां किसी एक को पीछे जाना ही होगा लेकिन उसने इस पर विचार नहीं किया। दोनों कारें एक साथ मोड़ पर घुसीं और भीड़ चिल्लाई और कुछ लोग अपने पैरों पर खड़े हो गए और कुछ ने आंखें बंद कर लीं। क्योंकि दोनों कारें मुकाबले पर थीं, कोई किसी से आगे नहीं निकल रही थी। कोई कार धीमी नहीं चल रही थी। बक ने अपना पैर पेडल से नहीं हिलाया; उसने दाहिनी ओर के ड्राइवर को नहीं देखा; वह उस बिंदु तक और गहरा... और गहरा होता गया, जहाँ तक वह जानता था कि इसके बाद वह नियंत्रण खो सकता है; विनाश का अंतिम महीन सा कगार।

उसने सीधे आगे देखा और पहिए को मोड़ से घुमाना जारी रखा, आगे-पीछे करते हुए, सही करने की कोशिश में। फिर, यह सब खत्म हो गया था। वह मोड़ पर था; और उसने मोड़ पार कर लिया। उसने दुर्घटना के बारे में ज्यादा कुछ नहीं देखा: केवल एक झलक, उसके रियर व्यू मिरर में, पोंटिएक का एक बारीक क्षण में चूका, नियंत्रण खोया, गाड़ी ऊपर उठी और फिर थिरकते हुए नीचे आई। एक झंडे ने रेस रोक दी। अन्य कारें पोंटियाक से टकराकर दुर्घटनाग्रस्त हो गई थीं, और 14 नंबर में आग लग गई थी। यह कोई बहुत बुरी आग नहीं थी, लेकिन गाड़ी दाहिनी ओर से पलटा खायी थी, और बाई ओर बोल्ट किया गया था और खिड़की टूट चुकी थी, इसलिए ड्राइवर को बाहर निकालने से पहले उन्हें इसे ठंडा करना पड़ा। उसकी हड्डियाँ सलामत थीं।

लेकिन पेट्रोल पाइप के साथ कुछ हुआ था और हुड टूट गया था और विंडशील्ड गिर गया था और कुछ गैसोलीन टॉमी लिंडेन की शर्ट पर भी गिर गया था। आग पकड़ लिया और वह काफी जल चुका था। एंबुलेंस में

ले जाने से पहले ही उसकी मौत हो गयी। बक लार्सन ने गुलाबी पोशाक में लड़की की ओर देखा और कुछ कहने के लिए सोचने की कोशिश की, लेकिन कहने के लिए कुछ नहीं था। उसने तीसरा स्थान हासिल कर लिया था, उसने अपनी ईनामी राशि ली - उसे +350 मिले - और उसने साइलेंसर को वापस चेवी पर लगा दिया और फिर रेस ट्रैक से दूर, लंबे राजमार्ग पर अपनी कार लेकर चला गया। उसके चेहरे पर हवा गर्म थी, और जल्द ही वह थक गया और फिर से उसे भूख लग गयी थी; लेकिन अब उसे रुकना नहीं था।। क्योंकि अगर वह रुक गया तो वह सो जाएगा, और वह सोना नहीं चाहता था, अभी नहीं। उसने एक बार नंबर 14 के बारे में सोचा, फिर उसने दिमाग का शटर नीचे कर दिए और फिर कुछ नहीं सोचा। वह लगातार 70 मील प्रति घंटे की रफ्तार से गाड़ी चलाता रहा और इंजन की आवाज सुनता रहा.... वह कुछ और रेस तक ठीक चल सकती है लेकिन फिर उसे चेवी को फाड़ना ही पड़ेगा। शायद... या शायद नहीं भी।।

❑❑❑

प्रतिशोध

गाय द मोपासां

पओलो सवेरीनी की विधवा अपने बेटे के साथ अकेले बोनिफेसियो के बाहरी इलाके में एक छोटे से घर में रहती थी। पहाड़ के बाहरी हिस्से पर बसा यह शहर सार्डिनिया के दक्षिणी तट की ओर था, दूर से देखो तो लगता था जैसे कि ये समुद्र के एक छोर पर लटका सा हो। ये रेत के किनारों से भरे जलडमरूमध्य के पार दिखता है। इसके ठीक नीचे मछली पकड़ने इतालवी और सार्डिनियन लोग अपनी छोटी-छोटी नौकाएँ लेकर घूमा करते थे।

सफेद पहाड़ पर कुछ मकान बने हैं। जो एक साथ देखो तो और भी सफेद नजर आते हैं। दूर से ये जंगली पक्षियों के घोंसलों की तरह दिखते हैं। ये इस चोटी से चिपके हुए हैं। सामने एक अजीब सा मार्ग है, जहाँ जहाज शायद ही कभी आते हों।

विधवा सवेरीनी का घर, चट्टान के बिल्कुल किनारे से लगा हुआ है, इस घर में तीन खिड़कियाँ हैं, जो सामने की जंगली और उजाड़ तस्वीर को देखती हैं।

सवेरीनी अपने बेटे एंटोनिया और "सेमिलांटे" के साथ अपने घर में अकेले रहती है। सेमिलांटे भेड़ जैसे कुत्ते की नस्ल का एक बड़ा, पतला जानवर है। जब भी एंटोनियो शिकार पर जाता है, तो वह अपने कुत्ते को साथ ले जाता है।

एक रात, निकोलस राओलाती और एंटोनियो सवेरीनी में झगड़ा हुआ। निकोलस ने मौका पाकर धोके से एंटोनियो को चाकू मार दिया और सार्डिनिया भाग निकला। चाकू के घाव से एंटोनियो की मौत हो गई।

पड़ोसियों को एंटोनियो का शव मिला और वह उसे बूढ़ी माँ के पास लाये। जब बूढ़ी माँ को अपने बच्चे का शव मिल तो वह रोयी नहीं बल्कि वह बहुत देर तक बिना हिले उसे देखती रही। फिर, उसने अपने झुर्रीदार हाथ को फैलाया और उसने अपने आप से वादा किया कि वह इसका इसका प्रतिशोध (बदला) लेगी।

वह अकेले रहना चाहती थी और उसने अपने कुत्ते के साथ अपने बच्चे की लाश को बंद कर लिया, कुत्ता लगातार चिल्ला रहा था। वह बिस्तर के पैर के पास खड़ा था, उसका सिर उसके मालिक की तरफ और उसकी पूंछ उसके पैरों के बीच फैली हुई थी। माँ अपने बेटे की लाश पर एक कोरी निगाह किए झुक कर खड़ी थी, वह चुपचाप रो रही थी और उसे देख रही थी और माँ की तरह वह कुत्ता भी बिना किसी हरकत के खड़ा था।

ऐसा लग रहा था कि छाती पर फटे-मोटे कपड़े की जैकेट पहना नौजवान पीठ के बल लेटकर सो रहा है। परन्तु उसके चारों ओर खून था; उसकी शर्ट को प्राथमिक उपचार के लिए फाड़ दिया गया था वह खून में सनी थी, उसकी बनियान, उसकी पतलून, उसके चेहरे पर, उसके हाथों पर सब जगह खून था और उसकी दाढ़ी के बालों पर खून के थक्के जम गए थे।

उसकी बूढ़ी माँ उससे बात करने लगी। इस आवाज की ध्वनि पर कुत्ता शांत हो गया।

"मत डरो, मेरे लड़के, मेरे छोटे बच्चे, तुम्हारा बदला लिया जाएगा। सो जाओ, सो जाओ; तुम्हारा बदला लिया जाएगा। तुम सुन रहे हो? यह तुम्हारी माँ का वादा है! और तुम्हें पता है कि जो वह कहती है वह वह करती है। तुम्हारी माँ अपनी बात पर कायम रहती है, तुम्हें पता है न। तुम्हारा बदला लिया जाएगा।"

ये कहते-कहते वह अपने बेटे की लाश के ऊपर झुक गई और उसने अपने ठंडे होंठों से उसने उसके मरे हुए होंठों को दबा दिया।

सेमिलांटे फिर चिल्लाने लगा, एकदम उदास, नीरस और भयानक चीख गूँज रही थी। बूढ़ी महिला और उसका कुत्ता सुबह होने तक वहीं रहे। अगले दिन एंटोनी सवेरीनी को दफनाया गया और जल्द ही बोनिफेसियो से उसका नाम गायब हो गया। उसके न तो भाई थे और न ही कोई चचेरे भाई। प्रतिशोध को आगे बढ़ाने के लिए कोई आदमी नहीं था। उसकी माँ एक बूढ़ी औरत थी और बदला लेने के लिए उसके पास कोई सहारा न था। वह खुद ही इस पर विचार कर रही थी।

जलडमरूमध्य के दूसरी ओर जब वह देखती तो उसे सुबह से लेकर रात तक तट पर एक छोटा सा सफेद धब्बा नजर आता। यह छोटा सार्डिनियन गांव लोंगोसार्डो था, जहां कोर्सीकन अपराधी छुप जाया करते थे और सालों साल यहीं रहते थे। इस गांव की अधिकतर आबादी ऐसे ही अपराधियों से भरी पड़ी थी । वह जानती थी कि निकोलस रावोलाती ने इसी गांव में शरण ली है।

वह दिन भर खिड़की पर अकेली बैठी रहती और बस यही सोचती रहती कि वह अपने बेटे की मौत का बदला कैसे लेगी। वह बिना किसी मदद के अपना बदला कैसे ले सकती थी- एक कमजोर महिला, जिसकी खुद की मौत नजदीक हो? लेकिन उसने वादा किया था, उसने अपने बेटे की लाश पर शपथ ली थी। वह भूल नहीं सकती थी, वह इंतजार नहीं कर सकती थी। वह क्या कर सकती थी? वह अब रात को नहीं सोती थी; उसके पास न तो आराम था और न ही मन की शांति; वह लगातार सोचती रहती। उसका कुत्ता भी उसके पास रहता, वह नीचे बैठा रहता, कभी सिर उठाता-चिल्लाता और फिर चुप मारकर वहीं उसके कदमों के पास सो जाता। अपने मालिक की मृत्यु के बाद से वह अक्सर इस तरह चिल्लाता था जैसे कि वह उसे बुला रहा हो, जैसे कि उसके जानवर की आत्मा में उसकी एक ऐसी याद बसी थी जिसे मिटाया नहीं जा सकता था।

एक रात, जबकि सेमिलांटे अपने मालिक को याद कर रहा था और शोर मचा रहा था तभी बूढ़ी महिला के मन में एक क्रूर विचार आया। यही विचार उसके प्रतिशोध को हासिल करने का तरीका था। वह सुबह तक यही सोचती रही। फिर, भोर में उठकर, वह चर्च गई। उसने प्रार्थना की, फर्श पर लेटकर प्रणाम किया, उसने भगवान से प्रार्थना की कि वह उसकी मदद करें। उसने प्रार्थना की कि वह उसका साथ दें, उसने प्रार्थना की कि अपने गरीब, टूटे-फूटे शरीर को भगवान् शक्ति दें, जिससे कि वह अपने बेटे का बदला ले सकें।

वह घर लौट आई। उसके आंगन में एक पुराना बैरल था, जो एक हौज का काम करता था। उसने उसे उलट कर उसे खाली कर दिया, उसे डंडों और पत्थरों की मदद से जमीन पर गाड़ दिया। फिर उसने सेमिलांटे को इस कामचलाऊ केनेल (कुत्ता-घर) में जकड़ लिया और घर में चली गई। वह अब लगातार चलती रही, उसकी निगाहें हमेशा सार्डिनिया के सुदूर तट पर टिकी रहीं। वह वहाँ पर था- वही कातिल।

वहीं, सारा दिन और सारी रात कुत्ता चिल्लाता रहा। भोर को बूढ़ी औरत ने कटोरे में उसे थोड़ा पानी तो दिया लेकिन और कुछ भी नहीं, न सूप, न रोटी।

एक और दिन बीत गया। सेमिलांटे, थक कर सो गया था। अगले दिन उसकी आँखें चमक रही थीं, उसके बाल सिरे पर थे और वह अपनी जंजीर को बेतहाशा खींच रहा था। इस पूरे दिन भी बूढ़ी औरत ने उसे खाने को कुछ भी नहीं दिया। क्रोधित जानवर जोर-जोर से भौंक रहा था। एक और रात बीत गई।

फिर, भोर में, माँ सवेरीनी ने एक पड़ोसी से कुछ भूसा मांगा। उसने अपने पति के कपड़े में भूसा इस तरह भरा कि वह एक इंसानी शरीर लगे।

सेमिलांटे के केनेल के सामने उसने जमीन में एक छड़ी लगाकर इस डमी को बांध दिया। ये कुछ ऐसा दिख रहा था जैसे कि कोई इंसान खड़ा हो। फिर उसने कुछ पुराने लत्ते की मदद से एक सिर भी बना दिया।

हैरान होकर कुत्ता इस "फूस के आदमी" को देख रहा था, वह चुप था, हालांकि वह भूखा था। फिर बूढ़ी औरत दुकान पर गई और काले सॉसेज का एक टुकड़ा खरीद लायी। जब वह घर आई तो उसने केनेल के पास यार्ड में आग लगा कर सॉसेज पकाया। सेमिलांटे, पागलों की तरह उछल-कूद कर रहा था, उसके मुँह से झाग निकल रहा था, उसकी नजर उसके सामने दिख रहे भोजन पर टिकी हुई थी, जिसकी गंध सीधे उसके पेट तक जा रही थी। तब बूढ़ी माँ ने गर्म-सॉसेज से डमी के लिए एक नेक-टाई (गले में पहनने वाली टाई) बनाई। उसने उसे बहुत कसकर गले में रस्सी से बाँधा, और जब उसने ये कर लिया तो उसने कुत्ते को खोल दिया।

एक झटके के साथ जानवर ने डमी के गले पर छलांग लगा दी, और वह पंजे उसके कंधों पर रखकर उसे फाड़ने लगा। वह अपने मुंह में गोश्त का टुकड़ा लेकर उसे चबाने लगता और फिर अपने नुकीले दांतों को डोरी में डुबोता। मॉस पर फिर से झपट्टा मारता और भूखे खूँखार जानवर की तरह चबाना शुरू कर देता। वह अपने दांतों से डमी के चेहरे को फाड़ने लगा और आखिरकार पूरी गर्दन फट गई।

गतिहीन और शांत बूढ़ी औरत उत्सुकता से ये सब देख रही थी। फिर उसने जानवर को जंजीरों में जकड़ लिया, दो और दिनों के लिए उपवास कराया और फिर से यह अजीब खेल हुआ।

तीन महीने तक बूढ़ी औरत ने उसे लड़ाई का आदी बनाया। यह भोजन जो वह लड़ाई करके जीतता था। वह अब उसे जंजीर में नहीं बाँधती थी, बल्कि डमी की ओर इशारा करती थी। उसने उसे गले में कोई निशान छोड़े बिना उसे फाड़ना और उसे खा जाना सिखा दिया था। फिर, ईनाम के रूप में, वह उसे सॉसेज का एक टुकड़ा देती थी।

जैसे ही वह उस धोख को देखता, उसमें में हरकत होने लगती थी। फिर वह अपनी मालकिन की ओर देखता जो अपनी उंगली उठाकर इशारा करती और तीखे स्वर में कहती "जाओ!"

उसने तय किया कि सही समय आ गया है, तो विधवा 'कन्फेशन' करने के लिए चली गई और रविवार की एक सुबह उसने प्रन्तापूर्वक एक भोज में भाग लिया। फिर, महिला ने पुरुष का लिबास पहन लिया और

एक पुराने आवारा के वेश में उसने एक सार्डिनियन मछुआरे के साथ सौदा किया, जो उसे और उसके कुत्ते को जलडमरूमध्य के दूसरी तरफ ले गया।

एक बैग में उसके पास सॉसेज का एक बड़ा टुकड़ा था। सेमिलांटे ने दो दिनों से कुछ नहीं खाया था। बूढ़ी औरत उसे सासेज का टुकड़ा सुंघाकर उसकी भूख मिटाती रही।

वे लोंगोसार्डो पहुंचे। कोर्सीकन महिला लंगड़ा कर चल रही थी। वह एक बेकरी की दुकान पर गई और निकोलस रावोलाती के बारे में पूछने लगी। निकोलस पहले बढ़ई था और यहाँ भी उसने यही व्यापार फिर से शुरू कर दिया था। वह अपनी दुकान के पीछे अकेला काम कर रहा था।

बूढ़ी औरत (जो पुरुष के वेश में थी) ने दरवाजा खोला और पुकारा: "हैलो, निकोलस!"

वह घूमा। फिर बूढ़ी औरत ने अपने कुत्ते को छोड़ दिया और वह चिल्लाई: "जाओ, जाओ! उसे खाओ! उसे खाओ!"

पागल जानवर उसके गले के लिए उछल पड़ा। उस आदमी ने अपनी बाहें फैला कर कुत्ते से मुकाबला करना चाहा और कुत्ते को पकड़ लिया लेकिन वह जमीन पर लुढ़क गया। कुछ सेकंड तक वह अपने पैरों को जमीन पर पीटता रहा, वह फुदकता रहा। फिर उसने हिलना बंद कर दिया, सेमिलांटे ने अपने नुकीले दांत से उसके गले को खोद डाला और उसे फाड़ दिया।

बाद में, दो पड़ोसियों ने इस घटना को याद किया कि एक बूढ़ा भिखारी एक पतले, काले कुत्ते के साथ आया था जो उसे कुछ खाने को दे रहा था।

रात को बुढ़िया घर वापिस आ गई। उस रात वह बहुत अच्छी तरह सोई।

❑❑❑

बाघ और औरत

फ्रैंक आर स्टॉकटन

बहुत समय पहले एक क्रूर राजा रहा करता था। जिसके सिद्धांत अपने पास के लैटिन पड़ोसियों की उदारता की देखा-देखी आकर्षक हो गए थे, लेकिन अपने विचारों में वह अभी भी उतना ही कठोर और कुंद था। कठोरता कुछ ऐसी थी कि किसी के रोके से रुकने वाली नहीं थी। उसका आधा व्यक्तित्व कुछ उदार था लेकिन आधा वैसा का वैसा था। वह कोई भी फैसला लेने से पहले खुद में सोच-विचार किया करता था और विचार करने के बाद जब वह अंतिम राय पर पहुँच जाता था, या वह जो भी एक राय अंत में बना लेता था, फिर उसी पर कायम रहता था और उसे कोई भी बदल नहीं सकता था।

जब उसके आसपास रहने वाले लोग, चाहे वो घर वाले हों या राजनीतिक व्यवस्था से जुड़े लोग, ठीक से काम करते थे तो वह खुश रहता और उसका व्यवहार नर्म और मिलनसार रहता था। लेकिन जैसे ही उसे छोटी-सी दिक्कत नजर आती तो वह और खुश हो जाता, क्यूँकि उसे परेशानियाँ कुचलने में अलग ही तरह का मजा आता था।

उसके आसपास के क्षेत्रों में आ रही प्रगतिशीलता ने उसकी क्रूरता को आधा कर दिया था। यही वजह थी कि उसने एक सार्वजानिक अखाड़े का निर्माण किया था। इस अखाड़े में वीरता का प्रदर्शन होता था, जिसका अंत कई बार अत्यंत क्रूरता पर समाप्त होता था। इस अखाड़े की मदद से वह यह दिखाने की कोशिश करता था कि वह कितना शिष्ट है। जहाँ वह दुनिया को शिष्ट दिखता था वहीं उसकी आधी क्रूरता को भी इससे जरिए तसल्ली मिल जाती थी। उसने इस अखाड़े का निर्माण इसलिए नहीं करवाया था कि तलवारबाजी हो और एक जीते दूसरा मारा जाए, बल्कि इसका निर्माण राजा की मानसिक तसल्ली और लोगों के उत्साह-वर्द्धन के लिए किया था।

यह विशाल मैदान सा था जिसके चारों तरफ लकड़ियों की बाड़ेबंदी थी। लोग इन सीमाओं पर खड़े होकर आदर्श और न्याय को देखते थे, जिसमें

राजा बिल्कुल निष्पक्ष होकर फैसला लेता था। यह एक ऐसी व्यवस्था थी जिसपर कोई शक नहीं कर सकता था।

जब किसी व्यक्ति पर कोई ऐसा कोई आरोप लगता था, जो राजा के लिए उत्सुकता हो, तो एक सार्वजनिक घोषणा कर दी जाती थी कि फलां दिन आरोपी व्यक्ति के भाग्य का फैसला राजा के अखाड़े में किया जाएगा। अखाड़े की बनावट किसी दूर देश से कॉपी की गई थी, लेकिन उद्देश्य पूरी तरह राजा के दिमाग की उपज था। राजा के दिमाग से निकला यह विचार उसे 'आदर्श-बर्बरता' के करीब ले जाता था।

2

जब सभी लोग आरोपी के भाग्य का फैसला देखने के लिए सीमाओं पर खड़े हो जाते तो राजा आता और अपने शाही सिंहासन पर बैठ जाता। राजा के चारों ओर दरबारी होते। राजा एक बार चारों ओर देखता और जनता की उत्तेजना को बढ़ाता था और फिर वह अपने ठीक सामने के दो दरवाजों को देखता। ये दो दरवाजे बिल्कुल एक-जैसे थे और एक-दूसरे के एकदम अगल-बगल थे। आरोपी के भाग्य का फैसला इन्हीं दो दरवाजों में से एक में होता था और वह उसे खुद चुनना होता था। आरोपी के लिए ये बात तय थी कि उसे जैसे ही अखाड़े में लाया जाए वह सीधे इन दरवाजों की तरफ जाए और दोनों में से किसी एक दरवाजे को खोले।

ये उसकी मर्जी थी-वह चाहे जो दरवाजा खोले। उसे इस सिलसिले में न तो कोई सलाह मिल सकती थी और न ही कोई उसे प्रभावित कर सकता था। अखाड़े में लाए जाने के बाद उसके पास निष्पक्ष मौका होता था कि वह जिस दरवाजे को चाहे चुन ले। इन दो दरवाजों में से एक में खूँखार बाघ होता था जो बेहद भयंकर और बेतहाशा भूखा होता, जैसे ही आरोपी दरवाजा खोलता, बाघ उसके ऊपर छलाँग लगा देता और चीथ डालता। वह चीखता-पुकारता हुआ अपने अपराध की सजा मौत के रूप में पा जाता। अपराध की सजा पूरी होते ही लोहे की घंटियाँ बज उठतीं। अखाड़े के चारों ओर खड़े लोगों के चेहरे पर मातम छा जाता, चीख-पुकार थम जाती। विशाल दर्शक समूह धीरे-धीरे अपने घरों की ओर लौटने लगता; उनके चेहरे झुके हुए और दिल उदास रहते। कभी यह किसी नवजवान के साथ होता तो कभी किसी बूढ़े-सम्मानित व्यक्ति के साथ। परन्तु यह जब भी होता तो हर तरफ ऐसा ही मातम पसर जाता।

लेकिन, अगर आरोपी व्यक्ति दूसरा दरवाजा खोलता, तो उसमें से एक भद्र-महिला निकलती, जो उसके लिए राजा द्वारा चुनी गई होती। और जिसका चुनाव आरोपी की उम्र और पद को देखते हुए किया जाता। इस दरवाजे के खुलते ही ये सिद्ध हो जाता कि आरोपी बेगुनाह है और बेगुनाही

का ईनाम उसे यह मिलता कि इस खूबसूरत लड़की से उसकी शादी हो जाती। इस बात से कोई फर्क नहीं पड़ता कि उसकी पहले शादी हुई है या नहीं, उसके बच्चे हैं या नहीं, उसका किसी से प्रेम है या नहीं। राजा ने यह व्यवस्था बना दी थी और इसमें कोई किसी तरह का हस्तक्षेप नहीं कर सकता था।

बाघ वाला दरवाजा खुलने पर जैसे सब कुछ तेजी घट जाता था उसी तरह औरत वाले मसले में भी सब कुछ तेजी से ही होता था। जैसे ही आरोपी लड़की वाला दरवाजा खोलता, दूसरी ओर बैठे राजा के सिंहासन के ठीक नीचे से एक और दरवाजा खुल जाता और पुजारी दरवाजे से आता। उसके पीछे गायक मंडलियां आ जातीं और कुछ लड़कियां अपने सर पर सुनहले सींग लगाए नाचती हुई आ जातीं। ऐसा होने पर लोहे की जगह पीतल की घंटियाँ बजतीं और सीमाओं पर खड़े दर्शक खुशी से झूम उठते। और निर्दोष आदमी अपने दुल्हन को लेकर घर की तरफ चलता, जिसके पीछे बच्चे फूल बिखेर रहे होते थे।

3

यह न्याय देने का राजा का अर्ध-बर्बर तरीका था। इसमें कोई दो राय नहीं थी कि राजा अपने इस तरीके पर पूर्ण निष्पक्षता से अमल करता था। आरोपी को नहीं पता होता था कि महिला किस दरवाजे से आएगी; वह अपनी मर्जी से कोई भी दरवाजा खोल सकता था। आरोपी नहीं जानता था कि अगले पल वह किसी बाघ का भोजन बनेगा या फिर किसी खूबसूरत हसीना का पति। कभी बाघ एक दरवाजे में होता तो कभी दूसरे में, ये तो किसी को पता ही नहीं था कि किस दरवाजे में क्या है। इस ट्रिब्यूनल के फैसले न केवल निष्पक्ष थे, वे सकारात्मक रूप से निर्धारित भी थे: आरोपी व्यक्ति तुरंत दोषी सिद्ध हो जाता था और उसको सजा भी तुरंत ही मिल जाती थी। और अगर वह निर्दोष साबित हो जाता तो उसे ईनाम भी तुरंत मिल जाता, अब चाहे उसे वह पुरस्कार पसंद आए या न आए। राजा के न्याय के अखाड़े में जो आता वह इन दो विकल्पों से अलग कुछ नहीं पा सकता था।

यह व्यवस्था बेहद लोकप्रिय थी। लोग यहाँ होने वाले इस तरह के किसी मुकदमे में शामिल होने के लिए जमा होते; उन्हें नहीं पता होता था कि वह खूनी खेल देखने जा रहे हैं या उल्लासपूर्ण शादी। अनिश्चितता ही तो वह तत्व था जिसने इस प्रक्रिया में जबरदस्त आकर्षण पैदा कर दी थी। अगर ये अनिश्चितता न होती तो इसमें कोई आकर्षण भी न होता। कुल मिलाकर जनता का मनोरंजन भी हो जाता था और समाज के समझदार बुद्धिजीवी लोग कोई आरोप नहीं लगा पाते थे। क्यूँकि यहाँ जो कुछ भी होता था सबके सामने और पूरी तरह निष्पक्ष से होता था।

राजा की एक बेटी थी, जो बेहद सुन्दर थी। और जाहिर है राजकुमारी थी तो चंचल और शोख भी थी। राजा अपनी बेटी से बहुत प्यार करता था। वह राजा के आँखों का तारा थी और उसने अपने जज्बाती अनुभव से जो भी प्रेम की भावना पायी थी सब अपनी बेटी पर न्योछावर कर देना चाहता था।

उसके दरबारियों में एक युवा लड़का था जो हट्टा-कट्टा था और किसी साधारण सी पोस्ट पर था। वह बिल्कुल किसी पुरानी कहानी के हीरो की तरह छोटे पद पर काम करने वाला लेकिन सुन्दर लड़का था। राजा की बेटी उस लड़के की सुन्दरता से प्रभावित थी। लड़का एक हद तक बहादुर भी था। लड़का भी लड़की के प्रेम में डूब गया था। दोनों एक दूसरे को चाहने लगे थे। यह प्रेम प्रसंग महीनों तक खुशी-खुशी चला, तभी एक दिन राजा को इसके बारे में पता चला। जैसे ही उसे इस प्रेम-प्रसंग का पता चला उसने तुरंत युवक को जेल में डलवा दिया। युवक के भाग्य का फैसला कब होगा, इसके लिए एक दिन तय कर दिया गया। घोषणा कर दी गयी कि इस दिन अखाड़े में युवक को लाया जाएगा और युवक के पास मौका होगा कि वह दो विशेष दरवाजों में से कोई भी दरवाजा चुन ले। यह बिल्कुल अलग तरह का अवसर भी था। यह पहला मौका था जब किसी आम समाज के लड़के ने राजा की बेटी से प्यार करने का साहस किया था। कहा जाता है कि इस घटना के बाद ऐसे कई मौके आए लेकिन यह पहला मौका था। जनता में इसको लेकर अलग तरह की उत्सुकता थी।

4

इस मुकदमे के फैसले के लिए राज्य के सबसे क्रूर बाघों को एकत्रित किया गया और उसमें जो सबसे ज्यादा हौलनाक था, उसे अखाड़े के लिए चुन लिया गया। इसके अलावा मुकदमे के लिए पूरे राज्य में सुन्दर युवतियों को ढूँढा गया और सुन्दरता के लगभग सभी मानकों पर फिट बैठने वाली एक युवती को इस मुकदमे के लिए चुन लिया गया। अगर ये युवक बेगुनाह निकलता है तो उसकी शादी राज्य की एक बेहद सुन्दर युवती से होने वाली थी, अगर ये अपराधी सिद्ध हुआ तो इसके चीथ डालने के लिए राज्य का सबसे खूँखार बाघ तैयार था। बेशक, ये बात तो हर कोई ही जानता था कि जो भी आरोप आरोपी पर लगा है, वह सही है। वह राजकुमारी से प्यार करता था, और न तो लड़के ने, न ही राजकुमारी ने और न ही किसी और ने, इस तथ्य से इनकार ही किया था। लेकिन राजा चाहता था कि युवक को अंतिम मौका मिले। वह किसी को भी अपने नियमों में हस्तक्षेप करने की इजाजत नहीं देता था, चाहे मामला उससे ही जुड़ा हुआ क्यूँ न हो। और फिर इस मुकदमे का हल जो भी हो, इस मामले का निपटारा तो हो ही जाना है। अगर युवक ने बाघ वाला दरवाजा खोला तो वह अगला सूरज

नहीं देखेगा और अगर उसने युवती वाला दरवाजा चुना तो भी उसकी शादी हो जाएगी और प्रेम-प्रसंग खत्म हो जाएगा।

जिस दिन का इंतजार था वो दिन आ गया। दूर-दूर से लोग इकट्ठे हो गए और अखाड़े की विशाल गैलरियों में जमा हो गए। जो लोग अन्दर नहीं जा पाए वो दीवार के पीछे ही जमा हो गए। सब तैयार था। सिग्नल दे दिया गया। शाही सिंहासन के नीचे एक दरवाजा खुला और राजकुमारी का प्रेमी अखाड़े में पहुँचा। वह लंबा, सुंदर, गौरवर्णी युवक था। दर्शकों ने उसे देखा तो उसके रूप की प्रशंसा तो की लेकिन उसके भविष्य की चिंता भी होने लगी। आधे दर्शकों को अब तक यह पता ही नहीं था कि उनके बीच इस तरह का शानदार नवजवान भी रहता था। कोई आश्चर्य नहीं कि राजकुमारी उससे प्यार करती थी! उसका यहाँ पहुँचना कितनी भयानक बात है!

जैसे ही वह नवजवान अखाड़े में आगे बढ़ा, वह राजा के आगे सर झुकाने के लिए मुड़ा, जो कि रिवाज में था। उसकी नजर राजकुमारी पर टिकी थी, जो अपने पिता के दाहिनी ओर बैठी थी। यदि उसके स्वभाव में बर्बरता की थोड़ी मात्रा न होती, तो यह संभव है कि वह महिला वहाँ न होती, लेकिन उसकी तीव्र और उत्साही आत्मा उसे उस अवसर पर अनुपस्थित नहीं होने देती, जोकि उसके लिए बेहद आकर्षक था।

जिस क्षण से यह फरमान आया कि उसका प्रेमी राजा के अखाड़े में अपने भाग्य का फैसला करेगा, उसने रात हो या दिन, सिर्फ इसी दिन की प्रतीक्षा की थी। उसने अपनी पूरी समझ इसी मामले पर लगा राखी थी, उसने अपने सारे सूत्र इस्तेमाल कर लिए और उसने वह कर लिया था जो किसी अन्य व्यक्ति ने कभी नहीं किया था- वह दरवाजे के रहस्य को जान गई थी। उसे पता था कि दोनों में से किस कमरे में क्या है, उन मोटे दरवाजों के पीछे क्या है, किस दरवाजे के पीछे खुला बाघ है और किसके पीछे औरत इंतजार कर रही है। इन मोटे दरवाजों के जरिए, जिनके भीतर की ओर मोटे-मोटे परदे थे, यह असंभव था कि कोई शोर अन्दर से आए और व्यक्ति को कोई इशारा मिले। परन्तु, एक महिला की इच्छा शक्ति और जुझारूपन ने इस रहस्य का पता लगा लिया था।

5

और न केवल वह जानती थी कि किस कमरे से औरत बाहर आने के लिए तैयार है बल्कि वह यह भी जानती थी कि शर्माती और चमकती हुई वह औरत है कौन। वह राज-दरबार की सबसे प्यारी और हसीन लड़कियों में से एक थी, जिसे आरोपी युवक के ईनाम के रूप में चुना गया था। हालाँकि ये तभी होता जब वह युवती वाले दरवाजे को खोले। लेकिन एक

और बात भी थी और वो ये कि राजकुमारी उस महिला से बेहद नफरत करती थी। राजकुमारी के सामने वह महिला कई बार उसके प्रेमी की प्रशंसा कर चुकी थी और एक-दो बार ऐसा भी हुआ था कि उसके प्रेमी ने भी इस महिला की प्रशंसा का जवाब अच्छी तरह दिया था। अब जबकि उसने दोनों को बात करते देखा है, हालाँकि एक दो-बार ही सही, लेकिन इसको लेकर भी काफी कुछ कहा जा सकता है; हो सकता है कि यह बातचीत सबसे महत्त्वहीन विषयों पर रही हो, लेकिन वह यह कैसे जान सकती थी? लड़की प्यारी थी, लेकिन उसने राजकुमारी के प्रेमी पर नजर डालने की हिम्मत की थी, अपने पूर्वजों की पूरी बर्बरता और अपने क्रूर रक्त की पूरी तीव्रता के साथ वह उस औरत से नफरत करती थी जो उस खामोश दरवाजे के पीछे शर्मा और काँप रही थी।

जब उसका प्रेमी मुड़ा, प्रेमी ने उसकी ओर देखा, और दोनों की नजरें मिलीं, जब वह वहाँ बैठी थी, उसके बारे में चिंतित चेहरों के विशाल समुद्र में किसी और से कहीं अधिक पीला और सफेद। उसने देखा, समझने की त्वरित धारणा की उस शक्ति से, जो उनके पास होती है, जिनके पास आत्मा हो, कि उसकी प्रेमिका को पता है कि कौन से दरवाजे में बाघ बैठा है और कौन से दरवाजे के पीछे महिला खड़ी है। युवक ने ऐसी उम्मीद की थी कि उसकी प्रेमिका को पता चल जाएगा। वह उसका स्वभाव जानता था और उसकी आत्मा के बारे में भी कि वह तब तक शांत नहीं बैठेगी जब तक कि उसे ये राज पता नहीं चल जाता जिसके बारे में कोई भी नहीं जानता, यहाँ तक कि राजा भी नहीं। उस लड़के के लिए एकमात्र उम्मीद जिसमें कोई निश्चितता हो वह इस बात पर निर्भर थी कि राजकुमारी को इस रहस्य का पता लग जाए और जिस क्षण उसने राजकुमारी की तरफ देखा, उसने देखा कि वह कामयाब हो गई है जैसा कि उसके मन को पहले से पता हो कि वह कामयाब होगी।

तभी उसकी तेज और चिंतित नजर ने सवाल पूछा: "कौन सा?" यह राजकुमारी के लिए उतना ही स्पष्ट था जैसे कि वह जहां खड़ा हो और वहीं से चीख पड़ा हो जहाँ वह खड़ा था। एक पल की भी देर इसमें नहीं होनी थी। एक झटके में सवाल पूछा गया था; इसका उत्तर भी दूसरे झटके में दिया जाना था।

6

राजकुमारी का दाहिना हाथ उसके सामने गद्दीदार रेलिंग पर पड़ा। राजकुमारी ने अपना हाथ उठाया, और दाईं ओर थोड़ा तीव्र हरकत दिया। किसी और ने नहीं सिर्फ उसके प्रेमी ने ही उसे देखा। अखाड़े में मौजूद हर व्यक्ति की नजर लड़के पर थी। वह मुड़ा, और दृढ़ और तेज कदमों के साथ वह खाली

मैदान पर चला गया। हर दिल ने धड़कना बंद कर दिया, हर सांस रुकी हुई थी, हर नजर उस लड़के पर टिकी हुई थी। थोड़ी सी भी हिचकिचाहट के बिना, वह दाई ओर के दरवाजे पर गया और उसे खोल दिया।

अब मुख्य बात यह है कि क्या उस दरवाजे से बाघ निकला या औरत?

जितना अधिक हम इस प्रश्न पर विचार करते हैं, इसका उत्तर देना उतना ही कठिन हो जाता है। इसमें मानव ह्रदय का अध्ययन शामिल है, जो हमें जुनून के कुटिल चक्रव्यूह की ओर ले जाता है, जिसमें से हमें अपना रास्ता ढूँढना कठिन हो जाता है। इसके बारे में सोचें, एक निष्पक्ष पाठक की तरह, इस तरह से नहीं कि प्रश्न का निर्णय आप पर निर्भर करता है, बल्कि इस तरह कि आप उस गर्म-खून वाली, अर्ध-बर्बर राजकुमारी की जगह हैं, जो निराशा और ईर्ष्या की दुतरफा आग में जल रही है। उसने उसे खो दिया था, लेकिन उसे किसके पास होना चाहिए?

कितनी बार, अपने जागने के क्षणों में और अपने सपनों में, उसने वह जंगली डरावनी चीज देखी थी, और अपने हाथों से अपना चेहरा अपने हाथों से ढँक लिया था। जैसा कि उसने सोचा था कि उसका प्रेमी दरवाजा खोल रहा है, जिसके दूसरी तरफ बाघ के क्रूर नुकीले पंजे इंतजार कर रहे हैं! लेकिन कितनी बार उसने उसे दूसरे दरवाजे पर देखा होगा! जब युवक ने वो दरवाजा खोला जिसके दूसरी तरफ एक दूसरी औरत थी, कैसे उसकी आत्मा कैसे उसकी आत्मा तड़प-तड़प कर जल गई होगी। जब वह उस औरत को देखकर उसकी तरफ दौड़ा होगा, उसका पूरा अस्तित्व अपनी जिंदगी को वापिस पा लेने की खुशी से जगमगा उठा होगा। जब उसने ने भीड़ की जय-जयकार, और आनन्द की घंटियों की तेज आवाजें सुनीं; जब उसने पुजारी को देखा खुशी के फूलों के साथ, जो जोड़े की ओर जा रहे थे और उन्हें पति और पत्नी बनाने जा रहे थे, ठीक उसी की आँखों के सामने और जब उसने उन्हें फूलों की राह पर उन्हें एक साथ चलते हुए देखा होगा, उसके बाद प्रफुल्लित करने वाली भीड़ की जबरदस्त चीखें, जिसमें उसकी एक निराशाजनक चीख कहीं खो गई थी और फिर डूब गई होगी!

7

क्या ये अच्छा नहीं होता कि वह एक ही बार में मर जाता, और अर्ध-बर्बर भविष्य के ऊज्ज्वल परिसर में वह उसका इतंजार करता रहता? और फिर भी, वह भयानक बाघ, वह चीख, वह खून!

उसका निर्णय भले एक पल में इंगित किया गया था लेकिन यह दिन और रात के विचार-विमर्श के बाद लिया गया फैसला था। वह जानती थी

कि उससे पूछा जाएगा, उसने तय कर लिया था कि वह क्या जवाब देगी, और बिना किसी झिझक के, उसने अपना हाथ दाहिनी ओर बढ़ा दिया था।

उसका निर्णय एक सवाल है, जिसे हल्के में नहीं लिया जाना चाहिए। और मैं खुद को इसका उत्तर देने में सक्षम व्यक्ति की तरह नहीं दिखाना चाहता। इसलिए मैं इसे आप सभी पर छोड़ता हूँ: जो खुले दरवाजे से निकला था, क्या था – खूबसूरत औरत थी या बाघ?

❑❑❑

लॉटरी

शिरले हार्डी जैक्सन

27 जून की सुबह साफ थी। गर्मी के लम्बे दिनों की ताजा गर्माहट अपने अन्दर समोये हुए थी। प्रकृति ने हरी-हरी घास की चादर पर रंग-बिरंगे फूलों की पिचकारियाँ छोड़कर वातावरण को वसंतमय बना दिया था। दस बजे के आसपास गाँव के लोग डाकघर और बैंक के बीच वाले मैदान में लाटरी के लिए जमा होने लगे। कुछ गाँवों की आबादी इतनी अधिक थी कि लाटरी के कार्यक्रम में दो दिन लग जाते थे, इसलिए इसे 26 जून को ही शुरू करना पड़ता था। लेकिन इस गाँव में, जिसकी जनसंख्या लगभग 300 होगी, लाटरी का सम्पूर्ण कार्यक्रम दो घंटे में समाप्त हो जाता था। कार्यक्रम सुबह दस बजे शुरू होता और इतने समय में निपट जाता कि गाँव वाले घर जाकर आराम से दोपहर का खाना खा सकते थे।

साफ है कि पहले बच्चे जुट जाते हैं। हाल ही में गर्मी की छुट्टियाँ हुई थीं। अधिकतर बच्चे इस आजादी से बेचौनी-सी महसूस कर रहे थे। थोड़ी देर तक तो वे खामोशी से एकत्रित होते रहे। फिर उनका हंगामा और शोर-गुल शुरू हो गया। वे अभी भी स्कूल, क्लास, शिक्षकों और उनकी झिड़कियों के बारे में बातें कर रहे थे। बॉबी मार्टिन ने अपनी जेबें पत्थरों से ठूँस रखी थीं और जल्द ही दूसरे बच्चों की जेबें भी पत्थरों से भर गईं। उन्होंने गोल-गोल चिकने-चिकने पत्थर चुने। बॉबी, और हैरी जोंस और डिक्की डेलाक्रोइक्स-गाँव वाले उसे "डेलाक्रॉय" कहते थे-ने आखिरकार मैदान के एक कोने में पत्थरों का एक बड़ा सा ढेर जमा कर लिया। वे दूसरे बच्चों की लूटपाट से पत्थरों की सुरक्षा कर रहे थे। लड़कियाँ एक किनारे खड़ी आपस में गपशप कर रही थीं। वे कनखियों से लड़कों को देख लिया करती थीं। ज्यादा छोटे बच्चे धूल में लोटें लगा रहे थे, या अपने बड़े भाई या बहनों के हाथ पकड़े हुए थे।

धीरे-धीरे मर्द एकत्रित होने शुरू हुए। वे अपने बच्चों को देखते हुए बुआई, बारिश, ट्रैक्टर और टैक्स के बारे में बातें कर रहे थे। पत्थरों के ढेर से दूर, मैदान के एक कोने में वे एक साथ खड़े थे और आहिस्ता-आहिस्ता हँसी-मजाक कर रहे थे। वे हँसने से ज्यादा मुस्कुरा रहे थे। मर्दों के आने के थोड़ी देर बाद उनकी पत्नियाँ पहुँचीं। वे पुराने-धुराने रोजाना के घरेलू कपड़े और स्वेटर पहने हुए थीं। उन्होंने एक दूसरे को हेलो-हाय किया और हल्की-फुल्की गपशप के बाद अपने पतियों के पास जा खड़ी हुईं। जल्द ही इन औरतों ने अपने बच्चों को पास बुलाना शुरू किया। बच्चे चार-पाँच बार पुकारने के बाद बेमन से उनसे आ मिले। बॉबी मार्टिन अपनी माँ के हाथों के नीचे से सरककर निकल गया और हँसता हुआ वापस पत्थरों के ढेर की तरफ भागा। उसके पिता ने डांटकर बुलाया तो वह जल्दी से आकर पिता और बड़े भाई के बीच में खड़ा हो गया।

स्क्वायर डांस, युवा क्लब और हैलोवीन प्रोग्रामों की तरह लाटरी के कार्यक्रम का संचालन भी मिस्टर समर्स करते थे। इन सामाजिक कार्यक्रमों के लिए उनके पास पर्याप्त समय था और पर्याप्त ऊर्जा भी। वे गोल चेहरे और हँसमुख स्वभाव के व्यक्ति थे। उनका कोयले का बिजनेस था। लोगों को उन पर बहुत तरस आता था, क्योंकि उनके कोई संतान नहीं थी और उनकी पत्नी बहुत बदमिजाज और चिड़चिड़ी थी। जब मैदान में वे लकड़ी का एक काला बॉक्स लिए पहुँचे, गाँव की भीड़ में भिनभिनाहट भरी आवाज उभरी। उन्होंने हाथ हिलाते हुए कहा, "सज्जनों, आज थोड़ी देर हो गई।" उनके पीछे-पीछे पोस्टमास्टर, मिस्टर ग्रेव्स एक तिपाया स्टूल लिए हुए आए। स्टूल को मैदान के बीच में रख दिया गया। मिस्टर समर्स ने काले बॉक्स को स्टूल पर रखा। गाँव वालों ने उनसे दूर खड़े रहकर अपने और स्टूल के बीच एक दूरी बनाए रखी। मिस्टर समर्स ने जब पूछा कि "आपमें से कोई हमारा हाथ बँटाना चाहेगा?" तो लोग असमंजस में दिखे। फिर दो व्यक्ति, मिस्टर मार्टिन और उनका सबसे बड़ा बेटा बक्स्टर, आगे बढ़े ताकि जब मिस्टर समर्स बॉक्स के अन्दर रखी पर्चियों को मिलाएँ तो वे स्टूल पर बॉक्स को थामे रखें।

लाटरी के मूल उपकरण बहुत पहले खो चुके थे। स्टूल पर रखा यह काला बॉक्स गाँव के सबसे बुजुर्ग व्यक्ति, मिस्टर वार्नर के जन्म से भी पहले से, प्रयोग होता आ रहा था। मिस्टर समर्स गाँव वालों से अक्सर नए बॉक्स बनवाने की बात उठाते थे, लेकिन किसी को परंपरा में इतना भी परिवर्तन गवारा नहीं था, जितने का प्रतिनिधत्व इस काले बॉक्स से होता था। इसके विषय में एक कहानी थी कि वर्तमान बॉक्स में इससे पहले वाले बॉक्स के कुछ टुकड़े लगे थे और भूतपूर्व बॉक्स उस समय

बना था जब इस गाँव को आबाद करने के लिए कुछ लोग यहाँ आकर बसे थे। हर साल लाटरी के कार्यक्रम के बाद मिस्टर समर्स फिर नए बॉक्स की चर्चा करते थे। लेकिन हर साल कुछ किये बिना यह चर्चा धीरे-धीरे लुप्त हो जाती थी। प्रति वर्ष काला बॉक्स और भी जर्जर होता गया। अब तो यह पूरी तरह काला भी नहीं रह गया था। इसके एक तरफ की लकड़ी बुरी तरह उखड़ गई थी, जिससे असली लकड़ी का रंग दिखता था। कहीं-कहीं बॉक्स का रंग उड़ गया था या उस पर धब्बे पड़ गये थे।

मिस्टर मार्टिन और उनके बेटे बक्स्टर ने काले बाक्स को स्टूल पर तब तक थामे रखा जब तक मिस्टर समर्स ने अपने हाथों से पर्चियों को पूरी तरह मिला नहीं दिया। चूँकि लाटरी की रस्म से सम्बंधित बहुत सी बातें या तो भुलाई जा चुकी थीं या उनको त्यागा जा चुका था, इसलिए मिस्टर समर्स, लकड़ी के टुकड़ों के बदले, जिनका प्रयोग पीढ़ियों से होता आ रहा था, पर्चियाँ प्रयोग करने में सफल हो गये थे। उनका तर्क था कि लकड़ी के टुकड़े उस समय बिल्कुल उचित थे जब गाँव बहुत छोटा था। लेकिन अब जबकि गाँव की आबादी तीन सौ लोगों से अधिक थी और इसमें और भी वृद्धि की संभावना थी, इसलिए किसी ऐसी वस्तु का प्रयोग आवश्यक था जो बॉक्स में आसानी से समा सके। लाटरी से पहले वाली रात को मिस्टर समर्स और मिस्टर ग्रेव्स ने कागज की पर्चियाँ बनाकर बॉक्स में रख दी थीं। फिर इसे मिस्टर समर्स की कोयला कम्पनी ले जाया गया। वहाँ इसे अलमारी में बंद करके तब तक के लिए ताला लगा दिया गया, जब तक अगली सुबह मिस्टर समर्स इसे मैदान में ले जाने के लिए तैयार न हो जाएँ। साल के शेष दिनों में बॉक्स कभी एक जगह रहता, कभी दूसरी जगह। एक साल यह मिस्टर ग्रेव्स के गोदाम में रहता, तो दूसरे साल यह डाकघर में उनके पैरों तले पड़ा रहता। और कभी यह मार्टिन की किराने की दुकान में अलमारी में रख दिया जाता।

मिस्टर समर्स के लाटरी कार्यक्रम आरम्भ करने की घोषणा से पहले दुनिया भर की औपचारिकताएँ होतीं। एक सूची तैयार की जाती परिवार के मुखियाओं की सूची, प्रत्येक परिवार के प्रत्येक घर के मुखियाओं की सूची, प्रत्येक परिवार के प्रत्येक घर के प्रत्येक सदस्य की सूची। लाटरी के संचालक के तौर पर मिस्टर समर्स को पोस्टमास्टर द्वारा एक औपचारिक शपथ दिलवाई जाती। कुछ लोगों को याद था कि अतीत में कभी लाटरी के संचालक द्वारा एक गीत गाया गया था। इसे हर साल बेमन से, बेसुरे अंदाज में यंत्रवत दोहराया जाता। कुछ लोगों का मानना था कि लाटरी के पहले संचालक ने जब वह गीत पढ़ा या गाया था, तो

बिल्कुल इसी तरह खड़ा हुआ था। दूसरों का मानना था कि संचालक का दायित्व था कि वह लोगों के बीच में टहलता घूमता रहे। लेकिन वर्षों पहले इस रस्म को त्यागा जा चुका था। पहले एक औपचारिक अभिवादन भी होता था जो लाटरी-संचालक हर उस व्यक्ति को संबोधित करने के लिए करता था, जो बॉक्स से पर्ची निकालने आता था। लेकिन समय के साथ यह रस्म भी बदल गई। अब सिर्फ इतना ही जरूरी समझा जाता था कि संचालक पर्ची निकालने वाले व्यक्ति को व्यक्तिगत रूप से संबोधित करे। मिस्टर समर्स इन बातों में बहुत कुशल थे। अपनी साफ-सफेद शर्ट और नीली जीन्स में, काले बॉक्स पर लापरवाही से एक हाथ रखे, और मिस्टर ग्रेव्स और मार्टिन से बिना रुके बातें करते हुए, वे बहुत माकूल और महत्त्वपूर्ण व्यक्ति नजर आते थे।

आखिरकार जब मिस्टर समर्स बातचीत खत्म करके गाँव वालों की ओर मुड़े, तभी मिसेज हचिन्सन तेजी से चलती हुई मैदान में पहुँचीं। उनका स्वेटर उनके कन्धों पर पड़ा था। वे भीड़ में पीछे की तरफ एक जगह घुस गईं। "मैं तो बिल्कुल ही भूल गई थी कि आज कौन सा दिन है," उन्होंने मिसेज डेलाक्रॉय से कहा जो उनकी बगल में खड़ी थीं। दोनों धीरे से हँसीं। "मैं समझी कि मेरे पति बाहर लकड़ियाँ गाँज रहे हैं," मिसेज हचिन्सन ने बात जारी रखी, "फिर मैंने खिड़की से बाहर झाँका। बच्चे भी जा चुके थे। फिर मुझे याद आया कि आज तो सत्ताईस जून है, और मैं भागती हुई आ रही हूँ।" उन्होंने अपने एप्रन से हाथ पोंछा। मिसेज डेलाक्रॉय बोलीं "लेकिन आप समय पर आ गईं। वे लोग अभी भी वहाँ खड़े बातें कर रहे हैं।"

मिसेज हचिन्सन ने गर्दन तानकर भीड़ का निरीक्षण किया और अपने पति और बच्चों को अगली पंक्ति में खड़ा देखा। उन्होंने मिसेज डेलाक्रॉय की बाँहों को थपथपाकर खुदा हाफिज कहा और भीड़ के अन्दर आगे बढ़ीं। लोगों ने प्रसन्नतापूर्वक अलग हटकर उन्हें जाने का रास्ता दिया। दो या तीन लोगों ने बस इतनी ऊँची आवाज में कि भीड़ के ऊपर से सुनाई पड़ जाए, कहा, "यह रहीं हमारी मिसेज हचिन्सन," और "बिल, आखिरकार ये पहुँच ही गईं।" मिसेज हचिन्सन अपने पति के पास पहुँचीं, और मिस्टर समर्स जो उनका इंतजार कर रहे थे, खुश-मिजाजी से बोले, "टेस्सी (मिसेज हचिन्सन), हमने सोचा कि तुम्हारे बिना ही कार्यक्रम शुरू करना पड़ेगा।" मिसेज हचिन्सन मुस्कुराते हुए बोलीं "बर्तनों को सिंक में छोड़ आना तो मुनासिब नहीं था। क्यों जोए, सही कहा न मैंने?" हँसी की हल्की सी लहर भीड़ में दौड़ गई। मिसेज हचिन्सन के पहुँचने के बाद लोग अपनी-अपनी जगहों पर जमकर खड़े हो गये।

मिस्टर समर्स ने गंभीर स्वर में कहा, "मेरा विचार है कि अब हम कार्यक्रम शुरू कर दें, और जल्द-से-जल्द इसे निपटाकर अपने-अपने कामों पर लौटें। क्या यहाँ कोई गैर-हाजिर है?"

"डनबार," कई लोग बोले- "डनबार! डनबार!"

मिस्टर समर्स ने सूची देखी। बोले, "क्लाइड डनबार। हाँ, वे नहीं हैं। दरअसल उनका पैर टूट गया है। उनके बदले कौन पर्ची निकालेगा?"

"मैं निकालूँगी" एक औरत बोली। समर्स उसे देखने को मुडे। उन्होंने कहा, "पति की जगह पत्नी पर्ची निकाल सकती है। लेकिन जेनी, क्या तुम्हारा कोई बड़ा बेटा नहीं जो तुम्हारी जगह पर्ची निकाले?" हालाँकि मिस्टर समर्स और गाँव के हर व्यक्ति को जवाब अच्छी तरह मालूम था, लेकिन लाटरी के संचालक का दायित्व था कि वह ऐसे औपचारिक प्रश्न पूछे। मिस्टर समर्स ने आदरपूर्वक मिसेज डनबार(जेनी) के जवाब का इंतजार किया।

वे हसरत भरे स्वर में बोलीं, "होरेस अभी सोलह वर्ष का नहीं हुआ। इस साल मुझे ही अपने पति की जगह लेनी पड़ेगी।"

"ठीक है," मिस्टर समर्स बोले। उन्होंने अपने हाथ में पकड़ी सूची में कुछ लिखा। फिर पूछा, "वाटसन परिवार का कोई मर्द इस साल पर्ची निकाल रहा है?"

भीड़ में एक लम्बे लड़के ने हाथ उठाकर कहा, "जी जनाब। अपनी और अपनी माँ की ओर से मैं पर्ची निकालूँगा।" भीड़ में कुछ इस प्रकार की आवाजें उभरीं "बहुत अच्छे, जैक" और "यह खुशी की बात है कि तुम्हारी माँ के पास इस काम के लिए कोई मर्द तो है।" जैक ने घबराकर आँखें झपकाई और सिर को झुका लिया ।

"बहुत अच्छा" मिस्टर समर्स बोले, "मेरे विचार से हम तैयार हैं। हमारे बुजुर्ग वार्नर साहब भी आ गए?"

"यहाँ हूँ।" एक आवाज आई, और मिस्टर समर्स ने सिर हिलाया।

जब मिस्टर समर्स ने खखारकर गला साफ किया और अपनी सूची को देखा, तो अचानक भीड़ में गहरा सन्नाटा छा गया। "सब लोग तैयार हैं?" उन्होंने पूछा, "अब मैं नाम पढूँगा। सबसे पहले परिवारों के मुखियाओं के नाम पढ़े जाएँगे, और मर्द यहाँ आकर बॉक्स से पर्ची निकालेंगे। जब तक कि सब अपनी-अपनी पर्चियाँ बॉक्स से निकाल न लें, कोई अपनी पर्ची खोलेगा नहीं। सारी बात स्पष्ट है?"

लोगों ने यह सब इतनी बार किया था कि उन्होंने निर्देशों को आधा-अधूरा ही सुना। अधिकतर लोग चुप थे। वे अपने सूखे होंठों पर जबानें फेर रहे थे, और किसी तरफ नहीं देख रहे थे। फिर मिस्टर समर्स ने एक हाथ ऊपर उठाया और कहा "एडम्स।" एक आदमी भीड़ से निकलकर आगे बढ़ा। "हेलो, स्टीव," मिस्टर समर्स ने कहा। मिस्टर एडम्स ने जवाब दिया, "हेलो, जोए।" वे एक दूसरे को देखकर हँसे। घबराई हुई बेजान-सी हँसी। फिर मिस्टर एडम्स ने काले बॉक्स में हाथ डालकर एक तह की हुई पर्ची निकाली। वे उसके एक कोने को मजबूती से पकड़े हुए मुड़े और जल्दी से भीड़ में अपने स्थान पर वापस चले गए। वहाँ वे अपने परिवार से थोड़ा सा अलग होकर खड़े हो गए। वे अपने हाथ की तरफ नहीं देख रहे थे।

"एलन," मिस्टर समर्स ने पुकारा, "एंडरसन... बेन्थम।"

"लगता है जैसे दो लाटरियों के बीच अब कोई फासला ही नहीं रह गया," पिछली पंक्ति में खड़ी मिसेज डेलाक्रॉय ने मिसेज ग्रेव्स से कहा। पिछली लाटरी जैसे अभी हफ्ते भर पहले ही हुई हो।"

"सचमुच समय बहुत तेज भागता है!" मिसेज ग्रेव्स ने कहा।

"क्लार्क।। डेलाक्रॉय"

"वह रहे मेरे पति।" मिसेज डेलाक्रॉय ने कहा। वे साँसें रोके अपने पति को आगे बढ़ते देखती रहीं।

"डनबार," मिस्टर समर्स ने पुकारा। मिसेज डनबार संतुलित कदमों से बॉक्स की ओर बढ़ीं। एक औरत ने पुकारा "जेनी, जाओ, तुम्हारी बारी।" दूसरी बोली "वह, रही जेनी।"

"अब हमारी बारी है," मिसेज ग्रेव्स ने कहा। उन्होंने मिस्टर ग्रेव्स को बॉक्स के एक तरफ से आते देखा। मिस्टर ग्रेव्स ने मिस्टर समर्स को गंभीरता से हेलो कहा और बॉक्स से एक पर्ची चुन ली। अब पूरी भीड़ में मर्द अपने लम्बे हाथों में तह की हुई छोटी पर्चियाँ पकड़े, घबराहट में उन्हें खोले बिना उलट-पलट रहे थे। मिसेज डनबार और उनके दोनों बेटे एक साथ खड़े थे। मिसेज डनबार के हाथ में पर्ची थी।

"हर्बर्ट...। हचिन्सन।"

"बिल, जल्दी पहुँचो वहाँ," मिसेज हचिन्सन ने कहा। उनके करीब खड़े लोग हँस पड़े।

"जोंस।"

मिस्टर एडम्स ने अपने पास खड़े सर्वाधिक वृद्ध व्यक्ति वार्नर से कहा: "लोग कहते हैं कि उत्तर वाले गाँव में लाटरी की रस्म को बंद करने की बात चल रही है।"

बुजुर्ग वार्नर खरखराती आवाज में बोले "पागलों का झुण्ड है वह। उन लौंडों की बातें सुनो तो उनके लिए कुछ भी अहम नहीं। जानते हो अब वे क्या कहेंगे? अब वे कहेंगे कि गुफाओं में चलकर रहो। कोई काम-धाम मत करो। यूँ ही हाथ पर हाथ धरे बैठे रहो। कहावत थी कि 'जून में लाटरी हो तो भुट्टे की फसल न्यारी हो।' यह बात लिख लो कि अब उबली हुई दूब और बांजफल ही हमारे नसीब में होंगे।" फिर उन्होंने चिड़चिड़े स्वर में कहा, "लाटरी हमेशा से होती आ रही है। मेरा दुर्भाग्य है कि दो दिन के लौंडे जोए समर्स को वहाँ हर किसी से हँसी ठट्ठा करते हुए देखना पड़ रहा है।"

"कुछ जगहों पर पहले ही लाटरी की रस्म त्यागी जा चुकी है।" मिस्टर एडम्स ने कहा।

बूढ़े वार्नर ने दृढ़ता से कहा,"इसमें अपशकुन के सिवा कुछ नहीं है। मूर्ख लौंडों का झुण्ड!"

"मार्टिन।" और बॉबी मार्टिन ने अपने पिता को आगे बढ़ते देखा। "ओवरडाइकङ्क।। पर्सी।"

"काश जल्दी से ये लोग कार्यक्रम समाप्त करें। अच्छा हो जल्दी से सब कुछ निपट जाए।" मिसेज डनबार ने अपने बड़े बेटे से कहा।

"बस समाप्त ही होने को है।" उनका बेटा बोला।

"तैयार रहो, दौड़कर अपने डैडी को बताने के लिए।" मिसेज डनबार ने कहा।

मिस्टर समर्स ने खुद अपना नाम पुकारा और फिर नपे-तुले कदमों से आगे बढ़कर बॉक्स से एक पर्ची चुनी। फिर उन्होंने पुकारा "वार्नर।"

"लाटरी का यह मेरा सतहत्तरवाँ वर्ष है।" बूढ़े वार्नर ने भीड़ में से गुजरते हुए कहा। "सतहत्तरवीं बार।"

"वाटसन।" लम्बा लड़का अजीब बेढंगेपन से भीड़ से निकलकर आगे बढ़ा। किसी ने कहा, "घबराओ नहीं, जैक।" मिस्टर समर्स ने कहा, "बेटे, कोई जल्दी नहीं, आराम से निकालो पर्ची।"

"जनिनी।"

उसके बाद एक लंबा अंतराल था। एक ऐसा अंतराल जिसमें भीड़ की सांसें थम सी गई थीं। फिर मिस्टर समर्स ने अपने हाथ में पकड़ी हुई पर्ची को ऊपर उठाकर कहा, "साथियो, अब अपनी पर्चियाँ खोलिए।" एक मिनट तक कोई हिला नहीं। फिर सारी पर्चियाँ खोली गईं। अचानक सारी औरतें एक साथ बोलने लगीं, "किसको मिली वह

पर्ची?" "वह पर्ची किसको मिली?", "डनबार को मिली क्या?", "वाटसन को मिली?" फिर आवाजें कहने लगीं, "हचिन्सन को मिली।" "बिल को।" "बिल हचिन्सन को मिली है पर्ची।"

"दौड़कर अपने डैडी को खबर करो," मिसेज डनबार ने अपने बड़े बेटे से कहा।

लोग मुड़-मुड़कर मिसेज हचिन्सन को देखने लगे। बिल हचिन्सन चुपचाप खड़े थे और अपने हाथ की पर्ची को घूरे जा रहे थे। अचानक टेस्सी हचिन्सन मिस्टर समर्स पर चिल्लायीं, "आपने इनको इतना समय नहीं दिया कि ये अपनी मर्जी से पर्ची निकालते। मैंने देखा था। यह अन्याय है!"

"टेस्सी, बचकानी बात मत करो।" मिसेज डेलाक्रॉय बोलीं, और मिसेज ग्रेव्स बोलीं, "हम सबने बराबर का जोखिम उठाया था।"

"चुप भी करो टेस्सी," बिल हचिन्सन ने कहा।

मिस्टर समर्स ने कहा "तो उपस्थित सज्जनो, पहला चरण तो बहुत शीघ्र समाप्त हो गया। अब हमें थोड़ी और जल्दी करनी होगी ताकि सब कुछ समय पर निपट जाए।" उन्होंने अपनी दूसरी सूची पर नजर डाली और कहा "बिल, आप हचिन्सन परिवार के लिए पर्ची निकालिए। क्या हचिन्सन परिवार में कोई और घर शामिल है?"

"डॉन और ईवा हैं," मिसेज हचिन्सन चीखीं, "उनसे भी पर्ची निकलवाइए!"

"बेटियाँ अपने पतियों के परिवार के साथ पर्ची निकालती हैं, टेस्सी," मिस्टर समर्स ने नरमी से कहा, "सबकी तरह तुम भी यह बात जानती हो।"

टेस्सी ने कहा, "यह अन्याय है।"

"और कोई नहीं है, जोए", बिल हचिन्सन ने दुखी स्वर में कहा, "मेरी बेटी अपने पति के परिवार के साथ पर्ची निकालती है। यही उचित भी है। बच्चों के अतिरिक्त मेरे पास और कोई नहीं है।"

"फिर जहाँ तक परिवार के लिए पर्ची निकालने की बात है, तो यह आप निकालेंगे," मिस्टर समर्स ने स्पष्ट किया, "और घर के लिए भी पर्ची आप ही निकालेंगे। ठीक है?"

"ठीक है" मिस्टर हचिन्सन ने कहा।

"कितने बच्चे हैं बिल?" मिस्टर समर्स ने औपचारिक रूप से पूछा।

"तीन," बिल हचिन्सन ने कहा, "बिल जूनियर, नैंसी, नन्हा डेव, टेस्सी और मैं।"

"तो ठीक है," मिस्टर समर्स ने कहा, "हैरी, तुमने इनकी पर्चियाँ ले लीं?"

मिस्टर ग्रेव्स ने हाँ में सिर हिलाया, और पर्चियों को ऊपर उठाकर दिखाया। "इन्हें बॉक्स में डाल दो" मिस्टर समर्स ने निर्देश दिया, "बिल की पर्ची भी बॉक्स में डाल दो।"

"मेरे विचार से हमें फिर से लाटरी करनी चाहिए," मिसेज हचिन्सन ने इतने धीरे से कहा जितने धीरे से कहना उनके लिए संभव था।

"मैं आपसे कह रही हूँ, यह अन्याय है। आपने इन्हें पर्ची चुनने के लिए अधिक समय नहीं दिया। सबने देखा।"

मिस्टर ग्रेव्स ने पाँच पर्चियाँ चुनीं और उन्हें बॉक्स में डाल दिया। शेष सारी पर्चियों को फर्श पर गिरा दिया, जिन्हें वहाँ से हवा उड़ा ले गई।

"कृपया मेरी बात तो सुनिए," मिसेज हचिन्सन अपने चारों तरफ की भीड़ से कह रही थीं।

"बिल, तैयार हो?" मिस्टर समर्स ने पूछा। बिल हचिन्सन ने अपनी पत्नी और बच्चों पर एक नजर डाली और हाँ में सिर हलाया।

मिस्टर समर्स ने कहा "पर्ची निकालिए, और याद रहे जब तक सब अपनी-अपनी पर्चियाँ न निकाल लें, इन्हें खोलना नहीं है। हैरी, तुम नन्हे डेव की मदद करो।" मिस्टर ग्रेव्स ने छोटे बच्चे का हाथ पकड़ा, जो उनके साथ आराम से बॉक्स के पास आया, "बॉक्स में से एक पर्ची निकालो डेव," मिस्टर समर्स ने कहा। डेव ने अपना हाथ बॉक्स में डाला और हँस पड़ा। "सिर्फ एक पर्ची निकालो," मिस्टर समर्स ने कहा। "हैरी, तुम इसकी तरफ से पर्ची पकड़ो।" मिस्टर हैरी ने बच्चे का हाथ पकड़ा और उसकी सख्ती से बंद मुट्ठी में से पर्ची निकालकर अपने हाथ में ले ली। नन्हा डेव उनके पास खड़ा उनको हैरानी से देखता रहा।

"अब नैंसी की बारी है," मिस्टर समर्स ने कहा। नैंसी बारह साल की थी। जब वह अपना स्कर्ट लहराती हुई आगे बढ़ी और उसने बहुत नफासत के साथ बॉक्स से एक पर्ची निकाली तो उसके स्कूल के दोस्तों ने गहरी साँसें खींचीं। "बिल जूनियर," मिस्टर समर्स ने कहा। बिली, लाल चेहरे के साथ लम्बे डग भरता हुआ आगे बढ़ा और पर्ची निकालते समय बॉक्स को ठोकर मारते-मारते बचा। "टेस्सी," मिस्टर समर्स ने पुकारा। मिसेज हचिन्सन एक मिनट तक हिचकिचाई, विद्रोहपूर्ण तेवर से इधर-उधर देखा, फिर होंठ भींचकर बॉक्स की ओर बढ़ीं। उन्होंने बॉक्स से एक पर्ची जल्दी से उठाई और अपने पीछे छुपा ली।

"बिल," मिस्टर समर्स ने कहा। मिस्टर हचिन्सन ने बॉक्स में हाथ डालकर टटोला। आखिरकार हाथ बाहर निकाला तो उसमें एक पर्ची थी।

भीड़ खामोश थी। एक लड़की फुसफुसाई, "ईश्वर करे नैंसी को न मिली हो।" उसकी फुसफुसाहट भीड़ के अंतिम छोर तक सुनी गई।

"पहले ऐसा नहीं होता था।" बूढ़े वार्नर ने कहा, "अब पहले जैसे लोग रह ही नहीं गए।"

मिस्टर समर्स ने कहा, "अच्छा, अब पर्ची खोलिए, "हैरी, तुम नन्हे डेव की पर्ची खोलो।"

मिस्टर ग्रेव्स ने पर्ची खोली। उन्होंने हाथ ऊपर उठाया तो भीड़ ने लम्बी साँस ली। सब ने देखा कि पर्ची कोरी थी। नैंसी और बिल जूनियर ने अपनी पर्चियाँ एक साथ खोलीं और दोनों खुलकर हँस पड़े। वे भीड़ की तरफ मुड़े। उनके सिर के ऊपर उनकी कोरी पर्चियाँ थीं।

"टेस्सी," मिस्टर समर्स ने कहा। एक निस्तब्ध मौन। फिर मिस्टर समर्स ने बिल हचिन्सन की ओर देखा। बिल ने अपनी पर्ची खोलकर दिखाई। यह भी कोरी थी।

"टेस्सी को मिली।" मिस्टर समर्स ने कहा। फिर धीमी आवाज में बोले, "बिल, हमको टेस्सी की पर्ची दिखाओ।"

बिल हचिन्सन अपनी पत्नी के पास गए और उनके हाथ से पर्ची जबरदस्ती छीन ली। उस पर एक काला चिन्ह बना था। यह वही काला चिन्ह था जिसे मिस्टर समर्स ने कोयला कम्पनी के कार्यालय में चटक पेन्सिल से कल रात को बनाया था। बिल हचिन्सन ने उसे ऊपर उठाया। भीड़ में एक सुगबुगाहट मच गई।

"ठीक है मित्रो," मिस्टर समर्स ने कहा, "आइये, हम जल्दी से कार्यक्रम निबटा लें।"

हालाँकि गाँव वाले रस्म भूल चुके थे और असली काला बॉक्स भी खो चुका था, लेकिन वे पत्थरों के प्रयोग से अभी भी वाकिफ थे। पत्थरों का ढेर तैयार था, जिसे बच्चों ने सुबह ही जमा कर दिया था। फर्श पर भी पत्थर बिखरे थे जिनपर वो पर्चियाँ थीं जो बॉक्स से गिराए जाने के बाद उड़कर उनसे उलझ पड़ी थीं। मिसेज डेलाक्रॉय ने एक पत्थर चुना, जो इतना बड़ा था कि उन्हें दोनों हाथों से उठाना पड़ा। वे मिसेज डनबार की तरफ पलटीं, "आइये, जल्दी कीजिये।"

मिसेज डनबार के दोनों हाथों में छोटे-छोटे पत्थर थे। उन्होंने फूली हुई साँसों के दरमियान कहा, "मैं बिल्कुल दौड़ नहीं सकती। आप आगे जाइए, मैं पहुँचती हूँ।"

बच्चों के पास पहले से ही पत्थर थे। किसी ने नन्हे डेव हचिन्सन को भी कुछ पत्थर पकड़ा दिए थे।

मिसेज हचिन्सन (टेस्सी) अब मैदान के केंद्र में एक स्वच्छ स्थान पर खड़ी थीं। जब गाँव वाले उनकी तरफ बढ़े तो उन्होंने हताशा से अपने हाथ उनकी ओर दया के लिए फैलाए। "यह अन्याय है," उन्होंने कहा। एक पत्थर उनके सिर से टकराया।

बूढ़ा वार्नर कह रहा था "आइये, आइये, सब लोग आ जाइये।" स्टीव एडम्स गाँव की भीड़ की अगली पंक्ति में थे और मिसेज ग्रेव्स उनकी बगल में थीं।

"यह अन्याय है, यह ठीक नहीं है।" मिसेज हचिन्सन चीखीं, और फिर सब उन पर टूट पड़े।

❑❑❑

शेरिफ

चार्ल्स चेस्टनट

उत्तरी कैरोलिना सबसे रूढ़िवादी राज्यों में से एक है। यहाँ ब्रेनसन नाम की एक काउंटी है, जो काफी अलग-थलग सी है। ब्रेनसन काउंटी का समाज अपनी सादगी में लगभग प्राचीन है। यहाँ के अधिकांश गोरे खेतों के मालिक हैं। अमरीकी गृह युद्ध से पहले भी वे कोई खास अमीर तो थे नहीं, अतः युद्ध के बाद भी वह इस केटेगरी में शामिल नहीं हुए कि कोई उन्हें "गरीब गोरा" कहे।

सभी "दक्षिणी" (अमरीकी गृह युद्ध के समय दक्षिणी राज्य दास प्रथा के समर्थक माने जाते थे और 'कॉन्फेडरेट' के साथ थे) ग्रामीण समुदायों की तरह ब्रेनसन काउंटी के लिए भी युद्ध एक ऐतिहासिक घटना है जो अन्य सभी को प्रभावित करती है। यह वह युग है जिससे स्थानीय इतिहास प्रभावित हुए- जन्म, मृत्यु, विवाह, तूफान, सैलाब। किसी भी "दक्षिणी" समुदाय के जीवन का कोई भी विवरण तब तक सही नहीं होगा जब तक इसपर महान लड़ाई के व्यापक प्रभाव की चर्चा न की जाए।

फिर भी शहरों और देश के महान राजमार्गों से गुजरने वाले युद्ध का ज्वार यहाँ नहीं था। रेलमार्गों और शहरी सड़कों से दूर इस क्षेत्र में जीवन की सुस्त धारा को भी युद्ध ने थोड़ा तो विचलित कर ही दिया था। उत्तर में वर्जीनिया, पश्चिम में टेनेसी में और पूरे समुद्र तट पर युद्ध छिड़ गया था। लेकिन तोपों की गड़गड़ाहट और गूँज ने ब्रेनसन काउंटी को परेशान नहीं किया था। यहाँ सबसे तेज सुनाई देने वाली आवाज शिकारियों के राइफलों की होती थी।

शेरमेन की सेना (शेरमेन संघ का एक शानदार सैन्य अधिकारी था, जो बँटवारे का विरोधी था), पूरब की ओर समंदर के लिए चल पड़ी थी। लेकिन "बमर्स" के किसी भी लड़ाकू गुट ने ब्रेनसन काउंटी की सीमा में प्रवेश नहीं किया था। यह सच है कि युद्ध ने काउंटी की युवावस्था का फूल लूट लिया था। लेकिन टैक्स का बोझ, लड़ाई को लेकर संदेह और अनिश्चितता, और परम हार का दंश। यह सब लोगों की निराशा का एक कारण बन गया था।

ब्रैनसन काउंटी के नजदीक अगर कोई शहरी जीवन है तो वो एक छोटे से गाँव, ट्रॉय में पाया जाता है, जिसकी आबादी कुछ चार या पाँच सौ होगी।

10 साल का समय इन सुदूर दक्षिणी शहरों में खास बदलाव पैदा नहीं करता था। अगर यहाँ एक रेलमार्ग बनाया जाता तो यह कुछ उद्यमों को प्रभावित करता। जिस कालखंड में मैं लिख रहा हूं, उस समय तक ट्रॉय में कोई रेलमार्ग नहीं था। यदि कोई यात्री, जो शहरों की भागदौड़ भरी जिंदगी का आदी हो, गर्मी के दिनों में ट्रॉय से गुजरा होगा तो खुद को एक वीरान गाँव में पाया होगा।

अपने आस-पास ऐसे मकानों को देखता जिसपर कोई पेंट नहीं है और जो मौसम की मार झेल रहे हैं। कई बार उसने काई जमी छतों को भी देखा होगा। इधर-उधर उसे सूअर भी नजर आते होंगे जो आलस में रास्ते के बीचोंबीच चलते रहते हैं। और शायद उसने कई बार पीले कुत्ते की नींद में खलल भी डाला होगा; तेज धूप में झपकियाँ आती होंगी और धूल से भरी सड़क पर अचानक ही साइड होना पड़ता होगा।

शनिवार को गांव कुछ हद तक जीवंत दिखाई देता था। कोर्ट हाउस स्क्वायर के चारों ओर छायादार पेड़ थे। सामने की सड़क पर दो या तीन स्थानीय दुकानों ने व्यापार करने आए किसान के घोड़ों, खच्चरों और बैलों के लिए बाँधने के ठीहे का काम किया।

ब्रैनसन काउंटी में हत्या एक बेहद दुर्लभ घटना थी। यहाँ के हर इंसान को मालूम था कि पचास साल पहले यहाँ कितनी हत्याएँ हुई थीं और कातिल का क्या हुआ- वह पकड़ में ही नहीं आया या फिर वह बरी हो गया था, या उसे अपने जुर्म की सजा भुगतनी पड़ी।

युद्ध के दस साल बीत चुके थे। गर्मियों के दिन एक शुक्रवार की बात है। ट्रॉय के लोगों को मालूम हुआ कि एक बूढ़े कप्तान वॉकर को मार डाला गया है। वॉकर ने स्कॉट के तहत मैक्सिको में सेवा की थी और गेटिसबर्ग के मैदान में हुई जंग के दौरान अपना एक हाथ भी खो दिया था। उसे बहुत बेरहमी से मारा गया था। इस खबर ने रातों-रात हलचल पैदा कर दी। व्यापारिक गतिविधियाँ लगभग बंद सी दिख रही थीं और लोग अब बस इसी हत्या पर चर्चा कर रहे थे। हत्या कैसे हुई किसने की, इसको लेकर लोग छोटे-छोटे समूह बनाकर जुटने लगे। हर समूह में बस यही एक बात बड़ी चर्चा बन जाती थी कि हत्यारा कौन हो सकता है?

अगले दिन सुबह जब पूछताछ की गई तो गवाही से पता चला कि रात में एक अजीब तरह का दिखने वाला मुलत्तो(वह व्यक्ति जिसके माँ-बाप में एक श्वेत हो और दूसरा अश्वेत) कैप्टन वॉकर के घर की ओर जा रहा था। और शुक्रवार की सुबह ट्रॉय से शहर की ओर जाते हुए एक किसान

से उसकी मुलाकात भी हुई थी। जो बातें सामने आ रही थीं उससे लग रहा था कि हत्या इसी अजीब से अजनबी ने की होगी। शेरिफ ने उसे खोजने के लिए एक दल का गठन किया और शाम को जब ट्रॉय के अधिकांश नागरिक डिनर कर रहे होंगे तभी उस मुलत्तो को गिरफ्तार कर लिया गया। उसे काउंटी जेल में डाल दिया गया।

अगली सुबह तक इस गिरफ्तारी की खबर दूर-दूर तक फैल गई। उस शनिवार को शहर में सामान्य से अधिक संख्या में लोग आये- टोपी, बटरनट पतलून और नीली होमस्पन शर्ट में दाढ़ी वाले पुरुष थे और होमस्पन फ्रॉक और स्लैट-बोनट्स में महिलाएं। महिलाओं के चेहरे सुनसान रेतीली पहाड़ियों की तरह भावहीन थे।

पूरे इलाके में बस इसी हत्या के बारे में चर्चा हो रही थी। बहुत से लोग कप्तान वॉकर के घर गए और बूढ़े मृत शरीर को देखा। कप्तान वॉकर मौत की आगोश में जा चुका था। कप्तान अपने अच्छे स्वभाव के लिए जाना जाता था। कोई भी उससे मिलता तो वह बड़ी मुहब्बत से पेश आता था। उसकी लाश देखकर लोगों के मन में गुस्से की भावना प्रबल हो गई। कप्तान को बेरहमी से मारा गया था और ये इन लोगों को बदला लेने के लिए उकसा चुका था। कप्तान की लाश देखकर लोगों ने ठान लिया कि इसकी सजा साधारण नहीं होनी चाहिए। यह अपराध साधारण नहीं है और इसकी सजा न्यायिक प्रक्रिया के जरिए बहुत मामूली ही रहेगी। उन्होंने मान लिया कि हत्यारे को भी इसी बेरहमी से काटा जाना चाहिए।

दोपहर के समय डैन टायसन के स्टोर में लोग जुटना शुरू हो गये। भीड़ के बीच बहुत सी बातें हो रही थीं, मायूस लोगों में क्रोध भरा हुआ था। "हत्यारे को मारना होगा। इस काउंटी में ऐसी हत्या कभी नहीं हुई," एक व्यक्ति ने जोर देकर कहा।

एक तीसरे ने कहा, "मुझे लगता है कि नीग्रो ने समझ लिया था कि कप्तान के पास पैसा है।"

एक अन्य व्यक्ति ने ऐसे कहा मानो उसे कोई खास खबर हो। उसने कहा, "कप्तान,"वह रुका और फिर अगले ही पल बोला, "के पास दो बैरल भरकर कॉन्फेडरेट का पैसा था जिसके बारे में उसे पता चल गया होगा।"

"हत्यारे को फाँसी पर लटकाना अच्छा होगा," एक ने कहा; "उसे जला देना चाहिए, ये लटकाने से ज्यादा कठोर होगा।" इस बात पर लोगों में एक तरह की खामोशी सी आ गई थी। साथ ही चांदनी रात में व्हिस्की का एक जग भी लोगों के चक्कर लगा रहा था और हर कोई व्हिस्की पीकर बातचीत आगे बढ़ा रहा था।

"ठीक है," एक गोल-कंधे वाले किसान ने कहा, जो अपनी शांत अभिव्यक्ति और फीकी धूसर आंखों के बावजूद, एक विद्रोही गुरिल्ला सरदार के सबसे साहसी अनुयायियों में से एक के रूप में जाना जाता था, "अब बताओ तुम क्या करोगे। अगर तुम लोग इसे समझ रहे हो तो बताओ कि तुम क्या सोचते हो, क्या ब्रैनसन के गोरे आदमी को उस नीग्रो ने नहीं मारा! अगर उसने नहीं मारा तो किसने मारा है, उसी ने तो मारा है। और कुछ कहना है। कुछ नहीं कहना है, कुछ भी नहीं करना है, तुम्हें करना हो तो करो। मैं जा रहा हूँ"

इस एक भाषण ने माहौल बदल दिया था। उसके इस भाषण की वजह से या फिर किसी और वजह से लेकिन भीड़ ने अब तय कर लिया था कि वह नीग्रो को खुद ही मार डालेगी। वे इस बात से सहमत हो गए थे कि उनके दोस्त की मौत का बदला लेने के लिए नीग्रो को मारना जरूरी है। उनको लगने लगा था कि कप्तान को बस इसी तरह सम्मान दिया जा सकता है। उनके पास कानून की महिमा और नागरिकों के अधिकारों के बारे में कुछ अस्पष्ट धारणाएं थीं, क्षण भर के जुनून में ये गुमनामी में डूब गए; एक गोरे आदमी को एक नीग्रो ने मार डाला था।

"कैपटन एक पूर्व-फौजी था," उसके एक मित्र ने गंभीरता से कहा, "वह अपनी कब्र में चौन से तब सो पायेगा जब उसे न्याय मिलेगा।"

लोगों ने तय किया कि वे टायसन के स्टोर पर शाम पांच बजे मिलेंगे, और वहां से लंबरटन डर्ट रोड के नीचे स्थित जेल जाएँगे। यह कोर्ट-हाउस से लगभग आधे मील दक्षिण की ओर है।

हत्या के लिए जरूरी प्रारंभिक व्यवस्था की गई और मामले को हैंडल करने के लिए एक समिति नियुक्त की गई। इसके बाद भीड़ तितर-बितर हो गई। कुछ अपने डिनर के लिए जाने लगे तो कुछ इस गिरोह के लिए लोगों को भर्ती करने का इंतजाम करने गए।

5 बजने में 20 मिनट बाकी थे। तभी एक परेशान नीग्रो, हांफता हुआ और पसीना बहाता हुआ शेरिफ कैंपबेल के आवास के पिछले दरवाजे तक पहुंचा। शेरिफ का घर जेल से थोड़ी दूरी पर ही था। नीग्रो की दस्तक पर दरवाजे पे पगड़ी बाँधे एक अश्वेत महिला आई।

"हैलो सिस्टर नैंस"

"हैलो ब्रदर सैम"

"क्या शेरिफ घर पर हैं?" नीग्रो ने पूछा

"हाँ, ब्रदर सैम, वह डिनर कर रहे हैं" उसने जवाब दिया।

"क्या आप उन्हें एक मिनट के लिए यहाँ आने को कह सकती हैं, सिस्टर नैंस?"

औरत खाने के कमरे में गई और अगले ही पल शेरिफ दरवाजे पर आया। वह एक लंबा, हट्टा-कट्टा आदमी था जो दक्षिण के लोगों की तुलना में उसका रँग सामान्य से अधिक रूखा था। झाड़ीदार भौहों के नीचे से एक जोड़ी गहरी-भूरी धूसर आँखें दिखाई दे रही थीं। और उसका चेहरा उत्कृष्ट अभिव्यक्ति वाला था जिस पर बड़ी दाढ़ी, जो कभी रेतीले रंग की रही हो लेकिन अब जैसे उस पर भूरे रंग का छिड़काव हुआ हो जिसको वह पूरी तरह छुपा नहीं सकता था।

बहुत गर्मी थी; शेरिफ ने अपना कोट और बनियान उतारा और अपनी सफेद कमीज के गले के हिस्से को खोल दिया।

"तुम क्या चाहते हो, सैम?" उसने हाथ में टोपी लिए उसने नीग्रो से पूछा। नीग्रो अपने चेहरे पर आयी नमी को अपनी फटी हुई शर्ट की आस्तीन से पोछ रहा था।

"शेरिफ, वहाँ पर लोग जेल में बंद कैदी के लिए जमा हो गए हैं और उस ओर जा रहे हैं। मैं स्टोर में आटे के बैरल के पीछे मकई की बोरी पर लेटा हुआ था, मैंने ये सब जैसे ही सुना मैं वहाँ से फौरन भागता हुआ यहाँ आ गया। क्यूँकि मैंने एक बार स्टोर में सुना था कि आप यहाँ रहते हो और एक बार आपने कहा था कि आपके होते हुए किसी भी कैदी की मोब लिंचिंग नहीं हो सकती। आपने कहा था कि अगर कोई भी ऐसा करता है तो उसको आपकी लाश के ऊपर से गुजरना होगा। यही वजह है कि मैं भागकर यहाँ आया कि जो मैंने वहाँ सुना वो सब आपको आकर बताऊँ ताकि आप उस कैदी की रक्षा कर सकें।"

यह सब शेरिफ ने शांति से सुना लेकिन ये सुनते ही उसका चेहरा दृढ़ हो गया, उसने अपने मन में ही एक निश्चय किया जो उसकी आँखों की चमक से जाहिर हो रहा था। उसके मन में एक सैनिक का भाव आ गया और उसने तय कर लिया कि जल्द ही वह उस दुश्मन गिरोह का सामना करेगा।

"बहुत आभार, सैम," उसने उत्तर दिया, "मैं कैदी की रक्षा करूँगा। कौन आ रहा है?"

"मुझे नहीं पता कि कौन आ रहा है," नीग्रो ने उत्तर दिया, "वहाँ पर मिस्टर मेक्स्वेन, डॉक्टर केन, मेजर मैकडोनाल्ड, और कर्नल राइट, और कुछ लोग भी थे। मैं बहुत डर गया था, मैं भूल नहीं पा रहा! मुझे लगता है कि वे यहाँ आने वाले होंगे इसलिए मैं जाना चाहता हूँ, मैं नहीं चाहता कि वे सोचें कि मैं उनके काम में बाधा डाल रहा हूँ।" नीग्रो ने घबराहट से शहर की सड़क पर नजर डाली और उस ओर कदम बढ़ाया जैसे वह तुरंत ही चला जाना चाहता हो।

"क्या तुम जाने से पहले खाना खाना पसंद नहीं करोगे?" शेरिफ ने पूछा।

नीग्रो ने खुले दरवाजे की ओर देर तक देखा, उसने उबले हुए सूअर के मांस और कोलार्ड की स्वादिष्ट गंध को सूंघ लिया था।

"मेरे पास खाना खाने का समय नहीं है, शेरिफ" उसने कहा, "लेकिन सिस्टर नैंस मुझे कुछ ऐसा दे सकती हैं जिसे मैं हाथों में लेकर रास्ते चलते खा लूँगा।"

एक क्षण बाद ही नैन्सी उसके लिए स्प्लिट कॉर्न-पोन का एक बड़ा सैंडविच ले आयीं, जिसमें बेकन का एक मोटा टुकड़ा सैंडविच को आधा करके बीच में डाला गया था, और साथ ही उसने दो पकी शकरकंदी भी उसे दे दीं। नीग्रो ने जल्दबाजी में अपनी कटी-फटी टोपी सिर पर रखी और शकरकंदी को अपनी पैंट की जेब में डाल लिया, इसके बाद उसने सैंडविच को अपने हाथ में लिया और जल्दी से सड़क पार कर जंगल में गायब हो गया।

शेरिफ घर में गया। उसने कोट और टोपी पहन ली। फिर उसने एक डबल बैरल बन्दूक को नीचे उतारा और उसमें बकशॉट लाद दिया। उसने एक रिवॉल्वर भी ली जिसमें उसने ताजा कारतूसों को भरा और उसे अपने कोट की जेब में डाल दिया।

कैलिको ड्रेस में एक खूबसूरत युवती ने उत्सुकता से ये सब देखा।

"कहाँ जा रहे हो पापा?" उसने पूछा। उसने नीग्रो से हुई बातचीत नहीं सुनी थी।

"मैं जेल जा रहा हूँ," शेरिफ ने जवाब दिया। उन्होंने जोर देकर कहा, "एक भीड़ जेल की तरफ आ रही है जो उस नीग्रो को पीटना चाहती है जिसे हमने जेल में बंद कर दिया है लेकिन वे ऐसा कर नहीं पाएँगे।"

"ओह, पापा! मत जाओ!" लड़की ने अपने पिता की बाहें पकड़ लीं और उनसे विनती की, "अगर आप उस नीग्रो को उन्हें नहीं देंगे तो वे आपको गोली मार देंगे।"

"तुम मेरी फिक्र मत करो, पोली," उसके पिता ने भरोसा दिलाया और धीरे से उसके हाथों को अपनी बांह से हटाते हुए कहा, "मैं अपना और कैदी दोनों का खयाल रखूँगा। ब्रैनसन काउंटी में कोई माई-का-लाल नहीं है जो मुझे गोली मार दे। अपने कर्तव्य को पूरा करने के लिए मैं बिना डरे आग का सामना करता रहा हूँ। तुम घर के अन्दर रहो। "उन्होंने आगे कहा, "और अगर कोई तुम्हें परेशान करने आये तो मेरे ऑफिस के ऊपरी दराज में पुरानी पिस्तौल है, उसका इस्तेमाल करना। वह थोड़ा पुराने जमाने की है, लेकिन कुछ साल पहले उसने अच्छा काम किया था।"

युवा लड़की इस आक्रामक संकेत पर कांप उठी लेकिन उसने अपने पिता के जाने पर अब कोई और आपत्ति नहीं की।

ब्रैनसन का शेरिफ धन, शिक्षा और सामाजिक स्थिति में औसत से बहुत ऊपर का व्यक्ति था। उसका परिवार काउंटी के उन कुछ परिवारों में से एक था जिनके पास युद्ध से पहले बड़ी सम्पदा और कई दास थे। उसने चौपल हिल में स्टेट यूनिवर्सिटी से स्नातक किया था। वह वर्तमान साहित्य और उन्नत विचारों में भी रुचि रखता था। उसने अपनी युवावस्था में कुछ यात्राएँ की थीं, जिसकी वजह से उन्हें काउंटी के लोग सम्मान से देखते थे और किसी भी बाहरी विषय पर उनकी राय को आखिरी सच मानते थे। वह पहले यूनियन (अमरीकी गृह युद्ध में यूनियन वह गुट था जो बँटवारे का विरोधी था) के एक प्रबल समर्थक थे। उन्होंने अपने मूल राज्य में अलगाव आंदोलन का विरोध किया था। परिस्थितियां कुछ इस तरह हुई कि युद्ध (अमरीकी गृह युद्ध) के बाद के दिनों में वह कॉन्फेडरेट (अमरीकी गृह युद्ध का वह गुट जो बँटवारा चाहता था और उसने कॉन्फेडरेट नामक एक देश बनाने की घोषणा कर दी थी) की सेना में शामिल हो गए और कई सैन्य अभियानों में विशिष्ट सेवाएँ दीं, जिसकी वजह से वह कर्नल रैंक तक पहुँचे। युद्ध के बाद उन्होंने निष्ठा की शपथ ली और लोगों ने उन्हें शेरिफ के पद के लिए सबसे उपयुक्त उम्मीदवार के रूप में चुना। उन्हें इसके लिए किसी विरोध का सामना नहीं करना पड़ा। वह कई बार इस पद पर नियुक्त किए गए। उनकी लोकप्रियता स्थायी थी।

कर्नल या शेरिफ कैंपबेल, जिस भी तरह से उनका नाम पुकारा जाए, क्योंकि चाहे सैन्य पद या नागरिक पद, दोनों ही पदों पर उन्होंने पूरी जिम्मेदारी से सेवाएँ दी थीं। उन्होंने अपने कर्तव्य को ईमानदारी से करने की शपथ ली थी। और वह जानते थे कि शेरिफ के रूप में उनका कर्तव्य क्या था। शायद जिन्दगी की दूसरी बातों से ज्यादा वह अपने इस कर्तव्य को समझते थे। इसलिए, उनके मन में कोई भी अनिश्चितता नहीं थी। उन्होंने अपने हथियार तैयार कर लिए थे और वह जेल की तरफ बढ़ गए। उन्हें पोली की सुरक्षा का भी कोई डर नहीं था।

जब आधा दर्जन घुड़सवार, पैदल पुरुषों की भीड़ के साथ, सड़क पर एक मोड़ के पास आए और जेल की तरफ बढ़ने लगे, शेरिफ ने जेल के सामने वाले मजबूत दरवाजे को बंद कर दिया। वे इमारत की घेरेबंदी वाली दीवारों के बाड़ के सामने रुके, जबकि उनकी व्यवस्था-समिति के कुछ सदस्य शेरिफ के घर की ओर गए। उनमें से एक ने अपने घुड़सवारी कोड़े से दरवाजे पर उतरकर खटखटाया।

"क्या शेरिफ घर पर हैं?" उसने पूछा।

"नहीं, वह अभी बाहर गये हैं," पोली ने दरवाजे पर आये व्यक्ति को उत्तर दिया।

"हमें जेल की चाबियां चाहिए," उसने आगे कहा।

"वह यहाँ नहीं है," पोली ने कहा, "चाबियाँ शेरिफ के पास हैं। "फिर उसने उदासीनता के साथ कहा, "वह अभी जेल गए हैं।"

आदमी मुड़ गया, और पोली सामने के कमरे में चली गई। वहाँ से उसने जेल की ओर लगी खिड़की के हरी स्लैट्स के बीच उत्सुकता से देखा। इस बीच वह आदमी अपने साथियों के पास लौट आया और बताने लगा कि उसे क्या पता चला। ऐसा लगा कि जैसे शेरिफ को उनके इरादे का पता चल गया है और वह मुकाबले के लिए तैयार है।

उनमें से एक ने आगे बढ़कर जेल के दरवाजे को खटखटाया।

"अच्छा, ये कौन है?" शेरिफ ने अन्दर से कहा।

"हम आपसे बात करना चाहते हैं, शेरिफ," बोलने वाले ने उत्तर दिया।

दरवाजे में एक छोटा सा छेद था; इस छेद को शेरिफ ने खोला और इसके जरिए जवाब दिया।

"ठीक है, लड़कों, बात करो। तुम सब मेरे लिए अजनबी हो, और मुझे नहीं पता कि तुम मुझसे क्या बात करना चाहते हो।" शेरिफ ने ऐसे मौके पर किसी को विशेष रूप से पहचानना जरूरी नहीं समझा।

"हम नागरिकों की एक समिति हैं और हम जेल जाना चाहते हैं।"

"किस लिए? जेल जाने में वैसे ज्यादा परेशानी नहीं होती है, हालाँकि ज्यादातर लोग बाहर ही रहना पसंद करते हैं।"

भीड़ इस तरह के मजाक पर हँसने के लिए अभी तैयार नहीं थी और जब व्यंग्य पर शेरिफ को सही प्रतिक्रया न मिली तो उसका स्वाद जाता रहा।

"हम उस नीग्रो से बात करना चाहते हैं, जिसने कैपटेन वॉकर को मार डाला है।"

"जब उस नीग्रो को अदालत में लाया जाएगा तब आप उससे मुकदमे के दौरान बात कर सकते हैं। अदालत का सत्र अगले हफ्ते शुरू होगा। मुझे पता है कि तुम क्या चाहते हो, लेकिन तुम मेरे कैदी को नहीं ले जा सकते। क्या तुम एक गरीब आदमी के मुंह से रोटी छीनना चाहते हो? मुझे इस कैदी को रखने के लिए एक दिन में पचहत्तर सेंट मिलते हैं, और वह जेल में अकेला है। मैं अपने परिवार को सिर्फ आप लोगों की खुशी के लिए परेशान नहीं कर सकता।"

भीड़ में से एक या दो लड़कों को शेरिफ की इस बात पर हँसी आ गई कि कैसे शेरिफ कैम्पबेल 75 सेंट के लिए परेशान हो रहा है; परन्तु आगे खड़े लोगों की खामोशी ने उन्हें भी डरा दिया।

"अगर आपने हमें अन्दर नहीं आने दिया," भीड़ में से एक आवाज आयी, "तो हम दरवाजे को तोड़ देंगे।"

"भाग जाओ यहाँ से," शेरिफ ने कठोर आवाज में इस तरह जवाब दिया कि सब सुन लें, "मैं तुम लोगों को चेतावनी देता हूँ कि जो भी सबसे पहले कोशिश करेगा उसे मेरी बंदूक का सामना करना होगा। मैं इस काउंटी का शेरिफ हूँ; मैं अपना कर्तव्य जानता हूं, और मैं अपने कर्तव्य से पीछे नहीं हटूँगा।"

"झगड़ा करने से क्या फायदा है, शेरिफ," भीड़ के नेताओं में से एक ने तर्क दिया। "नीग्रो का फाँसी पर लटकना तय है; वह इसी लायक है; और हमें इस क्षेत्र के सभी नीग्रो को सबक सिखाने के लिए कुछ करना पड़ेगा। अगर हमने ऐसा नहीं किया तो ये लोग काउंटी में श्वेत लोगों का जीना मुश्किल कर देंगे"

"बहस करने का कोई फायदा नहीं है, लड़कों," शेरिफ ने जवाब दिया, "मैं बाहर एक श्वेत आदमी हूँ, लेकिन जेल में मैं एक शेरिफ हूँ। और अगर काउंटी के अन्दर एग्रो को फाँसी दी जानी है तो मैं उसका प्रस्ताव दूँगा। तो आप लोग भी सही-सलामत ट्रॉय के लिए वापस लौटें। आप लोगों की यात्रा सुखद हो और थोड़ी वर्जिश स्वास्थ्य के लिए अच्छा ही होगा। आप जानते हैं, मेरे पास बारूद और छर्रा दोनों है। और मैंने इससे पहले भी आग का सामना किया है। मेरे और मेरे दुश्मन के बीच कुछ भी नहीं होता, और जब तक मैं गोली मारने में सक्षम हूँ, इस जेल को आत्मसमर्पण करने का मेरा कोई इरादा नहीं है।" इस प्रकार अपने दृढ़ संकल्प का शेरिफ ने एलान कर दिया। शेरिफ ने दरवाजे में लगे छेद को बंद कर दिया और ताला लगा दिया, उसने इमारत की रक्षा के लिए सबसे अच्छी स्थिति क्या हो ये जानने के लिए चारों तरफ देखा।

भीड़ कुछ कम हो गई, और भीड़ के नेताओं ने हल्की ध्वनि में आपस में बात की।

ब्रैनसन काउंटी की जेल एक छोटी, दो मंजिला ईट की इमारत थी, जिसका निर्माण मजबूती से किया गया था, जिसमें वास्तुशिल्प अलंकरण का कोई प्रयास नहीं किया गया था। प्रत्येक मंजिल को गलियारे के दो साइड में बने कक्षों में विभाजित किया गया था। लोहे के जालीदार दरवाजे से चार कक्षों में से प्रत्येक के लिए अन्दर आने का रास्ता था। कभी ही ऐसा होता था कि जेल में ज्यादा कैदी हों और निचली खिड़कियों को

ऊपर चढ़ाना पड़े। जब शेरिफ ने दरवाजे का छेद बंद कर दिया, तो वह लकड़ी की खड़ी सीढ़ियों से ऊपर की मंजिल पर चढ़ गया। ऊपरी मार्ग के सामने कोई खिड़की नहीं थी, और सबसे सही जगह जहाँ से वह भीड़ की गतिविधियों पर नजर रख सकता था वह खिड़की उस कोठरी में थी जहाँ जेल के एकमात्र कैदी को रखा गया था।

शेरिफ ने दरवाजा खोलकर सेल(जेल-कोठरी) में प्रवेश किया। कैदी एक कोने में झुका हुआ था, उसका पीला चेहरा, डर के मारे झुलसा हुआ था, आधे अँधेरे कमरे में वह भयानक रूप से देख रहा था। उसके माथे पर एक ठंडा पसीना जमा हो गया था, और उसके दाँत डर से कटकटा रहे थे।

"भगवान की खातिर, शेरिफ," वह बड़बड़ाया, "उन्हें मुझे मारने मत दो; मैंने बूढ़े आदमी को नहीं मारा।"

शेरिफ ने उसे नफरत भरी निगाहों से देखा।

"उठो," उसने तेजी से कहा, "जल्दी हो या देर- तुम्हें फाँसी तो होनी ही है। लेकिन अगर मैं मदद कर पाया तो यह आज तो किसी हाल में नहीं होगा। अगर मैं जेल को नहीं संभाल पाया तो मैं तुम्हारी बेड़ियाँ खोल दूँगा, तुम्हें सबसे मुश्किल लड़ाई लड़नी होगी। अगर मुझे गोली मार दी गयी तो भी मैं अंत तक जिम्मेदारी निभाऊंगा।" कैदी के टखनों पर लोहे की बेड़ियाँ और कलाई पर हथकड़ी थी। शेरिफ ने जैसे ही इन्हें खोला, ये फर्श पर गिर पड़े।

"खिड़की से दूर रहो," शेरिफ ने कहा, "अगर उन्होंने तुम्हें देख लिया तो वे तुम्हें गोली मार देंगे।"

शेरिफ ने खिड़की की ओर कोठरी में पड़ी एकमात्र बेंच को खींचा और उस पर अपनी रिवॉल्वर रख दी। फिर उसने अपनी बंदूक अपने हाथ में ली, और खिड़की के किनारे ऐसे खड़ा हुआ ताकि वह बाहर की गतिविधियों पर नजर रख पाये और सुरक्षित भी रहे।

लिंचिंग करने आयी भीड़ ने किसी प्रतिरोध की उम्मीद नहीं की थी। बेशक उन्होंने सोचा था कि औपचारिक विरोध होगा और कानूनी औपचारिकताओं की वजह से शेरिफ थोड़ा विरोध करेगा ताकि वह आगे अगर कोई कानूनी कार्यवाई हो तो उसके पास कोई बहाना हो। हालाँकि वे लड़ने के लिए तैयार होकर नहीं आए थे, और उनमें से कोई हमले का नेतृत्व करने को तैयार नहीं था। पार्टी के नेताओं ने कुछ हुँकार जैसी भरी जिसे दूर होने के बाद भी शेरिफ ने महसूस तो किया था लेकिन ठीक से सुन नहीं पाया था। आखिरकार उसमें से एक ने समूह से अलग होने का फैसला किया और वापिस भीड़ के पास गया जो बस आदेश का इन्तजार कर रही थी।

"देखो, लड़कों", उस व्यक्ति ने कहा, "हमें अभी जाना होगा। शेरिफ का कहना है कि अगर हम वापिस नहीं जाते हैं तो शेरिफ को मजबूरन हमें गोली मारनी होगी। हम में से कोई भी कप्तान वॉकर की तरह मरना नहीं चाहेगा और फिर शेरिफ अच्छा आदमी है, हम भी उसे चोट नहीं पहुँचाना चाहते", उसने भीड़ से ये कहा तो वहाँ एक निराशा सी नजर आने लगी, उसने आगे कहा, "नीग्रो भी प्रार्थना कर रहा होगा क्यूँकि उसे पता है वह ज्यादा दिन नहीं जी सकता।"

भीड़ में असहमति की बड़बड़ाहट थी, और कई आवाजें इस बात पर जोर दे रही थीं कि जेल पर हमला किया जाए। लेकिन अंततः उनमें से अहिंसक लोगों की बात ही चली और भीड़ धीरे-धीरे पीछे हट गई।

शेरिफ खिड़की पर तब तक खड़ा रहा जब तक वे सड़क के मोड़ से पूरी तरह गायब नहीं हो गए। जब आखिरी आदमी उसकी नजर से ओझल हो गया तो उसने शान्ति की साँस ली। उनकी वापसी एक मात्र दिखावा भी हो सकती है और ऐसा हो सकता है कि वे फिर प्रयास करें। उसका ध्यान बाहर की ओर इतना ज्यादा था कि उसने पीछे देखा ही नहीं कि किनारे दुबक कर बैठा कैदी चुपके से फर्श पर रेंगता हुआ आ गया, उसने अपना हाथ बढ़ाया और बेंच पर पड़ी शेरिफ की रिवाल्वर को उसने अपने कब्जे में ले लिया।

भीड़ के जाने के अगले ही पल, सड़क के उस पार जंगल से गोली की आवाज आयी; एक गोली खिड़की के पास लगी लकड़ी से टकराई और नीचे गिर गई। उसने सोचा कि उसे अर्ध-गुरिल्ला सेना से मुकाबला करना होगा, उसने अपनी बंदूक उठाई और जहाँ धुएँ का हल्का कश दिखाई दे रहा था उस तरफ दो बार गोली चलाई। वह एक पल खड़ा देखता रहा, और फिर खिड़की पर अपनी बंदूक टिका दी, और दूसरे हथियार को उठाने के लिए वह जैसे ही मुड़ा उसने देखा कि वह तो बेंच से गायब है। शेरिफ ने देखा कि रिवाल्वर अब कैदी के पास है।

"शेरिफ, तुम जहाँ हो वहीं रहो," कैदी ने कहा, अब उसकी आँखें चमक रही थीं, उसका चेहरा उत्साह से लगभग सुर्ख था।

शेरिफ ने मन ही मन अपने आपको कोसा कि उसने इस तरह की लापरवाही क्यूँ की। उसने इस तरह की उम्मीद नहीं की थी।

वह निश्चित रूप से एक सशस्त्र श्वेत व्यक्ति की उपस्थिति में नीग्रो की कायरता और अधीनता पर निर्भर था। शेरिफ एक बहादुर आदमी था, लेकिन उसने महसूस किया कि कैदी की तुलना में वह इस समय बहुत मुश्किल स्थिति में है। दोनों आदमी एक पल को इसी तरह खड़े रहे, इस दौरान वे अपनी आँखों से बिना किसी नुकसान की लड़ाई लड़ रहे थे।

"अच्छा, तुम चाहते क्या हो?" शेरिफ ने बहुत शान्ति से सवाल किया।

"निश्चित रूप से यहाँ से भागना," कैदी ने एक स्वर में कहा, अब शेरिफ ने उसे और अधिक बारीकी से देखा जिसमें थोड़ी सी उलझन थी। अगर वह आदमी पागल नहीं था तो भी वह पागलपन के करीब एक ऐसी स्थिति में पहुँच चुका था जो काफी खतरनाक थी। शेरिफ ने महसूस किया कि उसे कैदी को बातों में लगाना चाहिए, और उसे अपने मौके की तलाश करनी चाहिए। लेकिन अब एक अलग तरह का आदमी था। अब यह वह नहीं था जो कुछ मिनट पहले अपने जीवन के लिए भीख माँग रहा था।

शेरिफ बात करने लगा-

"क्या यही ईनाम है अपनी जान को जोखिम में डालकर तुम्हारी जान को बचाने का? अगर मैंने ऐसा नहीं किया होता, तो अभी तुम किसी बगल वाले पेड़ की डाली पर झूल रहे होते।"

"बात तो सच है," कैदी ने कहा, "आपने मेरी जान बचाई है, लेकिन कब तक? जब आप अंदर आए, तो आपने कहा कि कोर्ट की कार्यवाई अगले हफ्ते होगी। जब भीड़ जाने लगी तो वे भी कह रहे थे कि मेरी जिन्दगी में बहुत दिन नहीं हैं। यह बस इतना सा विकल्प है कि मैं एक रस्सी को चुनूँ या दूसरी!"

"जहाँ जीवन है वहाँ आशा है," शेरिफ ने उत्तर दिया। उसने यह सामान्य बात ऐसे ही कह दी जबकि उसका दिमाग बचने का कोई रास्ता निकालने की कोशिश में लगा हुआ था। "यदि तुम बेगुनाह हो तो तुम इसे साबित कर सकते हो।"

उस मुलत्तो ने शेरिफ पर अपनी नजर रखी। "मैंने बूढ़े आदमी को नहीं मारा," उसने उत्तर दिया; "लेकिन मैं अपने आप को कभी भी बेगुनाह सिद्ध नहीं कर पाऊँगा क्यूँकि मैं नौ बजे उसके घर पर था। मैंने उससे वह कोट चुरा लिया जो पकड़े जाने के समय मेरी पीठ पर था। मुझे दोषी ठहराया जाएगा, यहां तक कि अगर सुनवाई निष्पक्ष भी हो तब भी मुझे ही कातिल ठहराया जाएगा, जब तक कि असली कातिल का पता नहीं चलता। मुझे ही कातिल माना जाएगा"

शेरिफ भी इस बात को भली-भांति जानता था। फिर भी वह सोच रहा था कि आगे क्या तर्क दिया जाए, कैदी ने आगे कहा-

"मेरी तरफ चाबियां फेंक दो- नहीं, दरवाजा खोलो।"

शेरिफ एक पल अडिग खड़ा रहा। मुलत्तो की आंख बुरी तरह चमक उठी। शेरिफ ने कमरे को पार किया और गैलरी में जाने वाले दरवाजे को खोल दिया।

"अब नीचे चलो और बाहर का दरवाजा खोलो।"

शेरिफ का दिल अन्दर ही अन्दर हलचल कर रहा था। वह सोच रहा था कि वह कैसे कैदी के कब्जे से आजाद हुआ जाए। वह संकरी सीढ़ियों से नीचे उतरा, कैदी उसके पीछे था।

शेरिफ ने लोहे की बड़ी चाबी ताले में डाल दी। जंग लगा बोल्ट धीरे-ध ीरे खुला। अभी भी दरवाजा खोले जाने के लिए उसे खींचना बाकी था।

"रुको!" मुलत्तो गरजा, "जरा सा भी हिले तो तुम्हारा भेजा उड़ा दूंगा।"

शेरिफ ने उसका आदेश माना; उसने महसूस किया कि उसका मौका अभी नहीं आया था।

"अब गैलरी के उस तरफ रहो, और वापस ऊपर जाओ।"

शेरिफ को रिवॉल्वर के निशाने पर रखते हुए, मुलत्तो ने सीढ़ियों तक उसका पीछा किया। शेरिफ को उम्मीद थी कि कैदी उसे कोठरी में बंद कर देगा और खुद भाग जाएगा। वह लगभग इस निष्कर्ष पर पहुंचा था कि इन परिस्थितियों में वह सबसे अच्छा काम यह कर सकता था कि वह चुपचाप उसकी बात मानता रहे और अलार्म बजने के बाद कैदी को फिर से पकड़ने की अपनी संभावना पर ध्यान लगाए। युद्ध के मैदान में शेरिफ को कई बार मौत का सामना करना पड़ा था। कुछ मिनट पहले ही वह हथियारों से लैस था, और एक दीवार के फासले पर दूसरी ओर खड़े सौ आदमियों से लड़ने का साहस दिखा रहा था। लेकिन उसने सहज रूप से ये समझा कि उसके सामने के हताश व्यक्ति को छल-पूर्वक पकड़ने की कोशिश में जान का जोखिम लगाना कोई समझदारी की बात न होगी। उसे पोली का खयाल भी रखना था, और एक सीमा भी थी जिससे आगे वह अपनी जान को इस तरह के मूर्खतापूर्ण मामलों में जोखिम में नहीं डाल सकता था।

"मैं भाग जाना चाहता हूं," कैदी ने कहा, "और मैं पकड़ा नहीं जाना चाहता; क्योंकि मैं जानता हूं कि अगर मुझे पकड़ लिया गया तो वे मुझे मौके पर ही लटका देंगे। मुझे डर है," उसने कुछ हद तक चिंतनशील रूप से जोड़ा, "कि अपने आपको बचाने के लिए मुझे आपको मारना होगा।"

"भगवान के लिए ऐसी बात मत करो!" अनैच्छिक आतंक में शेरिफ ने कहा; "तुम उस आदमी को नहीं मार सकते जिसने तुम्हारी जान बचाने के लिए अपना जीवन तक दाँव पर लगा दिया।"

"आपकी जानकारी कम है लेकिन आप सच ज्यादा बोलते हैं," मुलत्तो ने उत्तर दिया, "सच तो ये है कि मेरा जीवन ही वास्तव में आपका ऋणी है।"

शेरिफ ने फिर से कहना शुरू किया, वह इस सबसे मुश्किल संकट के समय भी आश्चर्यचकित करने में सक्षम था। "तुम कौन हो?" उसने आश्चर्य से पूछा।

"टॉम, सिसली का बेटा," दूसरी तरफ से जवाब आया। उसने दरवाजा बंद कर दिया था और ग्रेटेड ओपनिंग के जरिए शेरिफ से बात कर रहा था। "क्या आपको सिसिली याद नहीं है – सिसिली जिसे आपने उसके बच्चे के साथ अलबामा के रास्ते में एक सटोरिए को बेच दिया था?"

शेरिफ को वाकई याद था। इसके लिए उसे कई बार खेद भी हुआ था। यह तब की बात है जब वह कर्ज में डूब गया था और उसे चीजों को गिरवी रखना पड़ा था। तब फसलें खराब हो जा रही थीं और एक समय जब उसका उसकी माँ से झगड़ा भी हो गया। उसके और उसके बच्चे के लिए दी जाने वाली कीमत असामान्य रूप से बहुत बड़ी थी, और वह क्रोध और आर्थिक मजबूरी आगे झुक गया था।

"भगवान के लिए!" उसने हांफते हुए कहा, "तुम अपने पिता की हत्या नहीं करोगे?"

"मेरे पिता?" मुलत्तो ने जवाब दिया, "मेरे लिए रिश्ते का दावा करना कोई मुश्किल काम नहीं था लेकिन आपको शर्म नहीं आती ये बात कहते हुए। आपने पिता होने का कौन सा कर्तव्य निभाया है? क्या आपने मुझे अपना नाम दिया, या अपनी सुरक्षा दी? अन्य श्वेत लोगों ने अपने अश्वेत पुत्रों को आजादी दी, धन दिया और उन्हें उन राज्यों में भेज दिया जहाँ दास प्रथा खत्म हो गई थी। आपने मुझे चावल के दलदल में बेच दिया (दास प्रथा के समय दास से चावलों के खेतों में बंधुआ मजदूरों की तरह काम कराया जाता था)।"

"मैंने तुमको कम से कम वह जीवन तो दिया ही है जिसकी वजह से तुम आज मुझसे संघर्ष कर रहे हो," शेरिफ बड़बड़ाया।

"जीवन?" कैदी ने व्यंग्यात्मक हंसी के साथ कहा, "किस तरह का जीवन? आपने मुझे अपना खून दिया, अपनी विशेषताएं दीं, – किसी भी आदमी को मुझे दो बार देखने की जरूरत नहीं है–और आपने मुझे एक अश्वेत माँ दी। बेचारी! वह कोड़े खाकर मर गई, क्योंकि उसके पास अपनी आत्मा को अपना कहने के लिए पर्याप्त स्त्रीत्व था। तुमने मुझे एक श्वेत आदमी की आत्मा दी, और तुमने मुझे गुलाम बनाया, और फिर उसे कुचल दिया।"

"लेकिन तुम अब आजाद हो," शेरिफ ने कहा। उसे मुलत्तो की बात पर जरा भी शक नहीं था। शक हो भी नहीं सकता था। वह जानता था कि किसका जुनून उस सांवली त्वचा के अन्दर बह रहा था। उन्होंने इस मुलत्तो में देखा कि माता–पिता के संयम और जनता की राय को उनके चारों ओर न फेंके जाने पर वे खुद क्या बन सकते थे।

"क्या करने के लिए आजाद?" मुलत्तों ने जवाब दिया। "नाम की आजादी, परन्तु तुच्छ और तिरस्कृत। उन लोगों द्वारा अलग कर दिया गया एक व्यक्ति जिसकी जाति अपनी माँ की जाति से ज्यादा उनकी जाति है।"

"वहाँ स्कूल हैं," शेरिफ ने कहा, "तुमने स्कूल में पढ़ाई की है।" शेरिफ ने देखा था कि ब्रैनसन काउंटी के ज्यादातर लोगों की तुलना में मुलत्तो बेहतर भाषा का इस्तेमाल कर रहा था और अधिक वाक्पटुता से बात कर रहा था।

"मैं स्कूल गया था, और जब मैं गया तो मैंने सोचा था कि यह मेरी स्थिति में कुछ अद्भुत बदलाव करेगा। लेकिन मैंने क्या सीखा? मैंने यह महसूस करना सीखा कि कोई भी डिग्री या ज्ञान मेरी त्वचा का रंग नहीं बदलेगा और मैं मुझे हमेशा अपने देश का ऐसा बिल्ला पहनाया जाएगा जिसमें सिर्फ बेइज्जती हो। जब मैं इसके बारे में गंभीरता से सोचता हूं तो मुझे विशेष रूप से इस तरह के जीवन की परवाह नहीं होती है। यह मेरे अंदर का जानवर है, आदमी नहीं, जो फांसी से बचना चाहता है। मुझ पर तुम्हारा कोई उधार नहीं है," उसने आगे कहा, "और आप से मुझे कोई उम्मीद भी नहीं है; और क्या यह न्याय नहीं होगा कि मैं अपनी माँ और अपने साथ हुई गलत बातों का बदला आपसे ले लूँ। लेकिन फिर भी, मैं आपको गोली मारने के खयाल से नफरत करता हूँ; मैंने कभी किसी की हत्या नहीं की है- क्योंकि मैंने बूढ़े कप्तान को नहीं मारा था। यदि मैं गोली न चलाऊं, तो क्या आप भोर तक अलार्म न बजाने और मुझे पकड़ने का कोई प्रयास न करने का वचन देंगे?"

वे दोनों अपनी बातचीत में इस कदर लीन थे कि उनमें से किसी ने भी नीचे के दरवाजे की कुण्डी के खुलने की आवाज नहीं सुनी। उनमें से किसी ने भी चुपके से सीढ़ियों से ऊपर आते हुए एक हल्के कदमों को नहीं सुना था। और न ही उन्हें मुलत्तो की ओर आ रहे अंधेरे से रेंगता आता हुआ कोई दिखा।

शेरिफ हिचकिचाया। उनके जीवन के प्रति प्रेम और कर्तव्य की भावना के बीच का संघर्ष बहुत ही शानदार था। यह सोचने में अजीब लग सकता है कि एक आदमी, जो अपने बच्चे को गुलामी के अन्धकार में धकेल आया था, इस समय संकोच कर रहा है। जबकि उसका जीवन अधर में लटका हुआ है। लेकिन मानव दासता के घातक प्रभाव ने जीवन के फव्वारों को जहर दे दिया था, और अधिकार के नए मानकों का निर्माण किया। शेरिफ ईमानदार था; उसकी ईमानदारी को केवल उसके आसपास के वातावरण ने विकृत किया था। कोई यह न पूछे कि उसका उत्तर क्या होगा। उसे एक निर्णय से जान मिल सकती है।

"रुको," मुलत्तो ने कहा, "आपको वादा करने की जरूरत नहीं है। अगर आपने किया भी तो मैं भी आप पर भरोसा नहीं कर सकता। मेरे जीवन

के लिए आपको जीवन देना होगा; मेरे लिए ये एक सुरक्षित तरीका है; आपको मरना होगा।"

उसने गोली चलाने के लिए अपना हाथ उठाया, तभी उसके पीछे से गोली चली। वह हाथ के बल जोर से गिरा और उसकी पिस्तौल उसके पैरों पर गिर गई।

शेरिफ सबसे पहले चौंका, अगले ही पल संभला और उसने हथियार अपने कब्जे में ले लिया। तब उसने कैदी को पकड़कर कोठरी में डाल दिया, और किवाड़ को बन्द कर दिया; इसके बाद वह पोली की ओर मुड़ा, जो दीवार से सट कर आधी बेहोश सी हो गई थी, उसके हाथ उसके दिल पर थे।

"ओह, पापा, मैं बस समय पर आ गई!" वह उन्माद से रोयी, और बेतहाशा सिसकती हुई, अपने आपको अपने पिता की बाहों में कर दिया।

"मैंने तब तक देखा जब तक वे सभी चले नहीं गए," उसने कहा, "मैंने जंगल से गोली की आवाज सुनी और मैंने आपको गोली मारते हुए भी देखा। फिर जब आप बाहर नहीं आए तो मुझे डर लगा कि कुछ हो तो नहीं गया, शायद आप घायल हो गए हों। मैं दूसरी पिस्तौल निकाल कर यहाँ भागी। जब मुझे दरवाजा खुला मिला, मुझे पता चल गया था कि कुछ गलत हुआ है, और जब मैंने आवाजें सुनीं तो मैं ऊपर की ओर रेंगती हुई आयी और उस समय पर पहुँची जब वह कह रहा था कि वह आपको मार डालेगा। ओह, बाल-बाल बचे!"

जब वह कुछ शांत हुई, तो शेरिफ ने उसे वहीं खड़ा छोड़ दिया और वापस सेल में चला गया। घाव से कैदी के हाथ से खून बह रहा था। उनके साहस ने एक पथरीली उदासीनता को जगह दे दी थी। उसके चेहरे पर डर या निराशा या किसी तरह की भावना का कोई निशान नहीं था। शेरिफ ने पोली को कपड़े लाने के लिए घर भेजा, और उसके सैन्य जीवन के दौरान अर्जित ज्ञान से कैदी के घाव को बाँध दिया।

"मैं एक डॉक्टर को लेकर आऊंगा और सुबह घाव पर पट्टी हो जाएगी," उसने कैदी से कहा, "अगर तुम चुप रहोगे तो यह बहुत अच्छा काम करेगा। अगर डॉक्टर तुमसे पूछता है कि ये घाव कैसे लगा तो कह देना कि जंगल से जो गोली चली थी वो तुम्हें लग गई। ये तुम्हारे लिए विशेष फायदेमंद नहीं होगा अगर तुम ये कहते हो कि ये गोली तुम्हें जेल से भागने की कोशिश के दौरान लगी"

कैदी ने न तो शुक्रिया अदा किया और न ही माफी माँगी, वह उदास-चुप बैठा हुआ था। घायल हाथ पर पट्टी बंधकर पोली और उसके पिता घर लौट आए।

उस शाम शेरिफ असामान्य रूप से विचारशील सोच में था। रात के खाने के समय उसने अपनी कॉफी में नमक डाला, और अपने पैनकेक पर सिरका डाला। पोली के कई सवालों के उसने बेतरतीब जवाब दिए। जब वह सोने के लिए गया तो कई घंटे तक जागता रहा।

रात की खामोश घड़ियों में, जब वह भगवान के साथ अकेला था, तो उसके मन में अनैच्छिक विचारों की बाढ़ आ गई। एक या दो घंटे पहले, मौत के साथ आमने-सामने खड़े होकर, उसने एक ऐसी अनुभूति का अनुभव किया था, जिसे डूबते हुए लोग महसूस करते हैं - नैतिक संकाय का एक प्रकार का स्पष्टीकरण, जिसमें मांस का घूंघट, अपने अस्पष्ट जुनून के साथ और पूर्वाग्रहों को एक पल के लिए एक तरफ धकेल दे, और किसी के जीवन के सभी कार्य सत्य के स्पष्ट प्रकाश में, उनके सही अनुपात और संबंधों में सामने आ जाते हैं, - मन की एक ऐसी स्थिति जिसमें उसे लगता है कि ईश्वर से उसका सामना हो रहा है। अपनी जान के बच जाने के बाद, इस भावना ने कुछ समय के लिए अलग-अलग उसमें अलग सी भावनाएँ पैदा कर दी थीं।

लेकिन अब, आधी रात के सन्नाटे में, आत्मा की इस स्पष्टता में से कुछ शेरिफ के पास लौट आया है। उन्होंने देखा कि उनके इस पुत्र के प्रति उनका कुछ कर्तव्य था जो कोई कानून और रिवाज खत्म नहीं कर सकता। कम से कम परमेश्वर की आँखों में वह अपने द्वारा किए गए पापों के परिणाम को छुपा नहीं सकता। यदि उसने कभी पाप नहीं किया होता, तो यह पथभ्रष्ट आत्मा उसे सताने के लिए लुप्त अतीत से कभी वापस नहीं आती। जैसे ही ये विचार आए, मुलत्तो के खिलाफ उसका क्रोध शांत हो गया, और उसके स्थान पर एक बड़ी दया आ गई। शेरिफ ने महसूस किया कि शायद उसने इस उग्र आत्मा को गुलामी के नाले से बचाया होता, उसने उसे उत्तर के दास प्रथा से आजाद राज्यों की तरफ भेज दिया होता या किसी और देश में, उपयोगिता और सम्मानजनक गतिविधियों की ओर मुड़ने का अवसर दिया होता, जिसे बाद में पागलों की तरह अपराध की ओर भागना पड़ा, कुछ नहीं तो वह उसे ऐसी जगह गुलाम बना देता जहाँ उसकी जाति के गुलाम साथ में रह सकते हों, या कम से कम उसने लड़के को वृक्षारोपण पर रखा होता, जहां गुलामी का बोझ उस पर हल्का पड़ जाता।

शेरिफ ने अपनी जवानी को याद किया। उसे एक बेदाग नाम विरासत में मिला था; उसके पास बनाने के लिए एक भविष्य था; एक श्वेत युवा दुल्हन की तस्वीर ने उसे खुशी दे दी थी। जेल की ईंट की दीवारों के बीच उस बेचारे के पास इनमें से कुछ भी नहीं था - कोई नाम नहीं, कोई पिता नहीं, मातृत्व के सही अर्थ में कोई माँ भी नहीं - और पिछले कुछ वर्षों तक ये संभव भी नहीं था।

उसने जो कुछ किया होगा, वह अब तक जो कुछ भी कर सकता था, वह शेरिफ की जागृत अंतरात्मा के लिए एक आसान परिवर्तन था। यह उसके लिए विशुद्ध रूप से एक परिकल्पना के रूप में हुआ, कि वह अपने कैदी को भागने की अनुमति दे सके; लेकिन उसके पद की शपथ, शेरिफ के रूप में उनका कर्तव्य, ये सब उसके रास्ते में खड़ा था, और शेरिफ ने इस विचार को अपने दिमाग से खारिज कर दिया। हालांकि, वह हत्या की परिस्थितियों की जांच कर सकता था, और असली हत्यारे का पता लगाने के लिए जमीन-आसमान एक कर सकता था, क्योंकि उसे अब कैदी की बेगुनाही पर संदेह नहीं था; वह अभियुक्त के लिए वकील भी नियुक्त कर सकता था, और शायद अपने पक्ष में जनमत को प्रभावित भी कर सकता था। एक बार उसके बरी होने के बाद, शेरिफ कोई योजना बना सकता था कि किस तरह वह अपने बेटे के ऊपर हुए जुल्मों का पाश्चाताप समाज और भगवान के सामने करे।

जब शेरिफ इस निष्कर्ष पर पहुंचा तो उसे गहरी नींद आ गई, जिससे वह अगली सुबह देर से जागा।

वह नाश्ते से पहले जेल गया और उसने देखा कि कैदी अपनी चटाई पर पड़ा हुआ है, उसका चेहरा दीवार की ओर था; जब शेरिफ ने दरवाजा खटखटाया तो वह नहीं हिला।

"गुड मॉर्निंग," कैदी को जगाने के इरादे से उसने कहा।

कोई जवाब नहीं आया। शेरिफ ने उसकी ओर और अधिक उत्सुकता से देखा; उसके रवैये में एक अप्राकृतिक कठोरता थी।

उसने झट से दरवाजा खोल दिया। वह कोठरी में घुसा और उसकी ओर झुका। सांस लेने की कोई आवाज नहीं थी; उसने शरीर को पलट दियाख़्रवह ठंडा और कड़ा था। कैदी ने अपने घाव से पट्टी फाड़ दी थी और रात के समय लहूलुहान होकर मर गया था। वह स्पष्ट रूप से कई घंटे पहले मर चुका था।

❑❑❑

स्मृति चिन्ह

जॉन कॉलियर

एक युवक बहुत तेजी से एक गली से निकलता हुआ एक चौड़ी पहाड़ी की चोटी पर आया, जहाँ एक हरा-भरा गाँव था। दृश्य में एक तालाब, बत्तख, वैगनर शराय शामिल है, जिसपर सफेद रंग का नेमप्लेट लगा है। वास्तव में यहाँ एक पठारी गांव की ताजगी, स्वच्छता, शांति सब कुछ है।

सड़क चलती जा रही थी, युवक भी चलता गया। एक सफेद फाटक को पार करते ही फलों के पेड़ों से सुसज्जित एक लंबा बगीचा दिखाई दिया। और इसके अंत में एक छोटा-सा घर था, जहाँ से नीचे देखने पर विशाल घाटी शानदार लग रही थी। आश्चर्यजनक रूप से दयालु दिखने वाला एक बूढ़ा आदमी बगीचे में घड़े बना रहा था। जब वॉकर एरिक गास्केल उसके गेट के पास पहुँचा तो उसने ऊपर देखा।

"गुड मॉर्निंग," उन्होंने कहा, "सितंबर की ख़ूबसूरत सुबह है ये!"

"गुड मॉर्निंग," एरिक गास्केल ने कहा।

"मैंने आज सुबह अपना टेलिस्कोप निकाल लिया है," बूढ़े ने कहा, "आजकल मैं इस पहाड़ी से नीचे नहीं उतरता। मेरे लिए पीछे का रास्ता बहुत कठिन है। फिर भी, मुझे इसके बारे में पता है और मेरे पास दूरबीन भी है। मुझे लगता है कि जो कुछ चल रहा है मुझे वह सब पता है।"

"ठीक है, यह तो बहुत अच्छी बात है," एरिक ने कहा।

"हाँ, है तो," बूढ़े ने कहा, "आप मिस्टर गास्केल हैं?"

"हाँ," एरिक ने कहा, "मुझे पता है। हम द विसारेज में मिले थे।"

"हाँ, हम मिले थे..," बूढ़े ने कहा, "आप अक्सर इस तरफ जाते हुए नजर आते हैं। मैंने आपको जाते हुए देखा है। मैंने सोचा कि आज के दिन युवा मिस्टर गास्केल के साथ थोड़ी बहुत बातचीत की जाए! अन्दर आइए।"

"धन्यवाद," एरिक ने कहा, "कुछ देर के लिए मैं जरूर बात करूँगा।"

"और कैसे," बूढ़े ने अपना गेट खोलते हुए कहा, "क्या आप और मिसेज गास्केल समरसेट पसंद करते हैं?"

"बेहद," एरिक ने कहा।

"मेरी नौकरानी मुझसे कहती है," बूढ़े ने कहा, "कि तुम पूर्वी तट से आए हो। बहुत बहादुर हो। उसकी भतीजी तुम्हारी छोटी नौकरानी है। तुम्हें यहाँ बहुत सुस्त नहीं लगता? बहुत पिछड़ा हुआ है? बहुत पुराने जमाने का?"

"हमें इसका वही हिस्सा तो सबसे प्यारा लगता है," एरिक ने सेब के पेड़ के नीचे एक सफेद सीट पर अपने मेजबान के साथ बैठे हुए कहा। वहाँ सेब के कई पेड़ थे..

"इन दिनों में," बूढ़े आदमी ने कहा, "युवा लोग पुराने जमाने की चीजें पसंद करते हैं। हमारे दिनों में ऐसा नहीं होता था। अब हम में से अधि कांश जो यहां रहते हैं, वे पुराने परिचित हैं, तुम जानते हो। बेशक, कैप्टन फेल्टन हैं, लेकिन विकार, एडमिरल, मिस्टर कोपरस, और बाकी - सभी पुराने लोग। तुम्हें इससे कोई आपत्ति तो नहीं?"

"यह मुझे पसंद है," एरिक ने कहा।

"हमारे अपने शौक हैं," बूढ़े ने कहा, "कोपरस एक पुरातनपंथी हैं; एडमिरल के पास उसके गुलाब हैं।"

"और आपके पास अपनी दूरबीन है," एरिक ने कहा।

"अह, मेरी दूरबीन," बूढ़े ने कहा, "हाँ, हाँ, मेरे पास मेरी दूरबीन है। लेकिन मेरा मुख्य शगल - जिसमें मैं अपना वक्त बिताता हूँ, वह है मेरा संग्रहालय।"

"आपके पास संग्रहालय है?" एरिक ने कहा।

"हाँ, संग्रहालय," बूढ़े ने कहा, "मैं चाहता हूं कि तुम देखो और मुझे बताओ कि तुम्हें कैसा लगा।"

"मुझे खुशी होगी," एरिक ने कहा।

"तो ठीक है, सीधे अंदर आओ," बूढ़े आदमी ने उसे घर की ओर ले जाते हुए कहा। "मुझे शायद ही कभी किसी नये मेहमान को अपना संग्रह दिखाने का मौका मिलता है। तुम किसी वक्त यहाँ श्रीमती गास्केल को लाना। क्या वह इस एकांत में खुश हैं, आप कुछ बताइए?"

"यहाँ उन्हें अच्छा लगता है," एरिक ने कहा, "वह इस देहाती क्षेत्र का ज्यादा हिस्सा अभी नहीं देख पायी हैं। वह लगभग हर दिन कार से घुमने निकलती हैं।"

"उस छोटी सी लाल गाड़ी में अकेले ही," बूढ़े आदमी ने कहा, "क्या उन्हें घर पसंद है?"

"असल में, मैं इस बारे में कुछ नहीं कह सकता," एरिक ने कहा, "उन्होंने पिछले वसंत में यह करने के बारे में सोचा था। उसे यह बहुत पसंद आया।"

"यह घर बहुत अच्छा है," बूढ़े ने कहा।

"पिछले कुछ समय से शायद उसे इसमें घुटन महसूस होती है," एरिक ने कहा, "वह कहती है कि उसे सांस लेने के लिए बाहर निकलना होगा।"

"हवा में यही तो अंतर होता है," बूढ़े ने कहा, "ईस्ट कोस्ट पर रहने के बाद।"

"शायद यही बात है," एरिक ने कहा।

अब वे मुख्य द्वार पर पहुंच चुके थे। बूढ़े आदमी ने एरिक को अंदर ले लिया। वे एक बहुत ही आरामदायक, संवारे हुए कमरे में प्रवेश कर चुके थे। सभी फर्नीचर अच्छी तरह से पॉलिश किए हुए थे। और सब कुछ सावधानी के साथ व्यवस्थित किया गया था। "यह मेरा बैठने का छोटा कमरा है," बूढ़े ने कहा, "आजकल मेरा डाइनिंग रूम भी यही है। ड्राइंग-रूम और उससे आगे छोटी-सी स्टडी मैंने पूरी तरह से अपने संग्रहालय को दे दी है। तो कुल मिलाकर ये है।"

उसने एक दरवाजा खोल दिया। एरिक ने कदम रखा, चारों ओर देखा, और आश्चर्य से देखा। वह सामान्य सी चीजों की अपेक्षा कर रहा था: रोमन सिक्कों के साथ एक साफ कैबिनेट या दो, पत्थरों के हथियार, शराब भरी बोतल में साँप, शायद एक भरवां पक्षी या कुछ अंडे। लेकिन यह कमरा और स्टडी, जो प्रवेश द्वार की तरह दिखता था, उसके जीवन में अब तक देखे गए सबसे टूटे, पस्त, नकली कबाड़ का ऊँचा ढेर था। सबसे अजीब बात यह थी कि इस कचरे के ढेर में कोई भी वस्तु ऐसी नहीं थी जिसको लेकर ये बहाना बना दिया जाये कि ये कुछ अच्छी पुरानी चीज है। ऐसा लग रहा था मानो गाँव के बाहर फेंके जाने वाले कचरे में से सामग्रियों को बटोर कर इन दो कमरों के टेबल, साइडबोर्ड, कुर्सियों और फर्श पर जमा कर दिया गया हो।

बूढ़े आदमी ने एरिक के चौंकने को मजाक की तरह लिया। "आप सोच रहे हैं," उसने कहा, "कि इस संग्रह में उस तरह की चीज़े नहीं हैं जो आमतौर पर एक संग्रहालय में मिलती हैं। आप सही हैं। लेकिन मैं आपको बता दूं, मिस्टर गास्केल, कि यहां हर वस्तु का एक इतिहास है। ये टुकड़े और कंकड़ इस छोटे से गाँव में बहने वाले समय की धारा के टुकड़े हैं। सबको एक साथ लिया जाए तो ये सभी एक..एक स्मृतिखंड हैं। यहाँ युद्ध की स्मारिका है: एक 'टेलीग्राम टू द ब्रिस्टो इन अपर मीडियम', कह रहा है उनके लड़के को मार दिया गया था। सब मुझे बेचारी श्रीमती ब्रिस्टो से मिले कई साल हो गए थे। मैंने उसे इसके लिए एक पाउंड दिया था।"

"दिलचस्प बात है," एरिक ने कहा।

"वह ठेला देखो जिसमें पहिये लगे हैं," एक कबाड़ की ओर इशारा करते हुए बूढ़े आदमी ने कहा, "यह दो मौतों का कारण था। यह एक गली में लुढ़क गया, उसी समय एक कार तेजी से आ रही थी। यह सभी अखबारों में था। 'लोकल ट्रेजेडी'

"असाधारण!" एरिक ने कहा।

"इस सब से मिलकर ही तो जीवन बनता है," बूढ़े आदमी ने कहा, "यहाँ एक आयरिश पुवाल बाँधने वाले की बेल्ट है, तब की जब वह जिप्सियों से लड़ा था। यह टोपी उस व्यक्ति की थी जिसके पास चर्च फार्म था। उसने आयरिश स्वीप में एक पुरस्कार जीता और उसके बाद इतनी शराब पी ली कि मर गया, बेचारा! ये मेरे माली की झोपड़ी की ईंटें हैं। यह जल गया, तुम्हें पता है, और कोई नहीं जानता कि आग कैसे लगी। यह सांप है, जो पिछले साल प्रार्थना के समय चर्च में घुस गया था। कैप्टन फेल्टन ने इसे मार डाला। वह बहुत हैण्डसम आदमी है, क्या तुम्हें नहीं लगता?"

"हाँ। मुझे भी ऐसा ही लगता है। मैं शायद ही उसे जानता हूँ।"

"यह फनी है। मुझे लगा कि तुम और श्रीमती गास्केल कैप्टन फेल्टन के बहुत अच्छे दोस्त थे।"

"अच्छा...ये कैसे सोचा आपने?"

"शायद यह सिर्फ मेरी कल्पना थी। यह थोड़ी दुखद चीज। यह सींग एक बैल का है, जिसे किसान लॉसन ने मेरे घास के मैदान में रखा था। किसी ने गेट खुला छोड़ दिया, यह बाहर निकल गया और सड़क पर एक आदमी को उलाट दिया।"

"हम शायद ही कप्तान फेल्टन को जानते होंगे," एरिक ने कहा, "हम उनसे तब मिले थे जब हम पहली बार यहां आए थे, लेकिन –"

"अच्छा अच्छा.," बूढ़े ने कहा, "यहाँ एक गुमनाम पत्र है, कुछ वैसा जैसा अक्सर यहाँ मिल जाते हैं। मिस्टर कोपरस ने मुझे यह दिया।"

"क्या वे आमतौर पर मिल जाते हैं, आपके स्थानीय गुमनाम पत्रों में वाकई कोई सुराग होते हैं?" एरिक ने पूछा।

"मुझे विश्वास है कि होते हैं," बूढ़े ने कहा, "किसी को शायद पता हो कि क्या चल रहा है। यहाँ कुछ ऐसा है जिससे मुझे डर है कि यह बहुत लंबे समय तक नहीं रहेगा: कब्रिस्तान से एक बड़े मशरूम। ये कहीं और की तुलना में वहां अधिक बड़े होते हैं। महसूस करो कि यह कितना हल्का है।"

उसने इसे एरिक को थमा दिया। एरिक अपने पाइप(सिगार) और तंबाकू की थैली से लड़खड़ा रहा था और अब उसने मशरूम लेने के लिए उन्हें नीचे रख दिया। "बेहद हल्का," उसने कहा, "आश्चर्य की बात है!"

"इधर से आओ," बूढ़ा उत्सुकता से चिल्लाया, "मैं अपने जूते भूल रहा था।" एरिक उसके पीछे हो लिया। अभी भी एक बड़ा मशरूम उसके साथ था।

"ये जूते," बूढ़े आदमी ने कहा, "एक तालाब में डूबे हुए एक आवारा से निकले। कैप्टन फेल्टन के घर के पास वह छोटा तालाब है।"

"फेल्टन क्या करते हैं?" एरिक ने पूछा।

"उसके पास आमदनी है," बूढ़े ने कहा, "वह तो बस खुद का मनोरंजन करता है।"

"कैसा मनोरंजन?" एरिक ने यूँ ही पूछा।

"मुझे डर है," बूढ़े आदमी ने एक झटके के साथ कहा, "कि कैप्टन फेल्टन महिलाओं का रसिया है।"

"क्या सच में?" एरिक ने कहा।

"लोग कहते तो हैं," बूढ़े ने कहा, "कप्तान बहुत होशियार है. लेकिन तुम समझ रहे हो न कि कैसे वाला। एक खदान है, वह मुझे वहीं मिला था और उसी सड़क से जाएँगे तो नीचे कप्तान का एक बेहद एकांत जगह है, अकेले वाला। उफ.. मुझे गॉसिप नहीं करनी चाहिए। लेकिन सच ये भी है कि लोगों को ऐसी बातें करने में मजा आता है। लोग ऐसे मामलों पर हँसना पसंद करते ही हैं। मुझे डर है कि किसी दिन उन योग्य सज्जनों में से एक, जिसकी पत्नी का सम्बन्ध कप्तान से है, कप्तान को मुश्किल में डाल देंगे- अच्छा, वहां कुछ बहुत बड़े पत्थर पड़े हैं। यहाँ एक बिल्ली है जिसे मैंने भरवाया था। इस बिल्ली के साथ एक बहुत ही असाधारण कहानी जुड़ी हुई है।"

"मुझे बताओ," एरिक ने कहा, "फिल्टन अभी यहाँ है या वह दूर है?"

"वह यहीं है," बूढ़े ने कहा, "मैंने उसकी कार को एक घंटे पहले जाते देखा था। वह लाल रंग की कार है। यह लाल कार अक्सर नहीं दिखाई देती, हालांकि वास्तव में उसके ठीक बाद एक और लाल कार आती है।" उसने जैसे ही कार की कहानी सुनी उसके दिमाग में अजब सी सनसनी हुई... वह जाने क्या सोचने लगा..और उसके दिल में ऐसी कुलबुलाहट हुई कि वह बोल पड़ा...उसे शक हुआ कि उसकी बीवी ही कप्तान के पीछे लाल कार में थी, वह अचानक बोल पड़ा..

"मैं- असल में मुझे लगता है कि मुझे जाना चाहिए," एरिक परेशान हो गया, और जल्दी करने लगा।

"क्या? तुम्हें जाना है?" बूढ़े ने कहा, "मैं तो तुम्हें इस बेचारी बिल्ली के बारे में बताने वाला था।"

"फिर कभी," एरिक ने कहा।

"चलो तो फिर बाद में सही," बूढ़े ने कहा, "मुझे खुशी होगी... मैं तुम्हें दरवाजे तक छोड़ देता हूँ।"

एरिक जल्दी से गेट पर पहुँचा।

"तुम जिस तरफ से आए थे, उस तरफ से वापिस नहीं जा रहे हो..?" बूढ़े ने कहा, "ये जल्दी का रास्ता है।"

"नहीं। नहीं। मुझे इसी तरह से चक्कर लगाते जाना है," एरिक ने कहा।

"यह आपको कप्तान की खदान से आगे ले जाएगा," बूढ़े ने कहा, "ठीक है, अलविदा। जल्द ही फिर से आना।"

उसने देखा कि एरिक तेजी से सड़क पर उतर रहा है और यहां तक कि उसे दूर तक देखने के लिए वह एक किनारे पर चढ़ गया। जब उसने देखा कि वह सड़क से हट गया है और खदान के ऊपरी हिस्से की ओर जाते हुए फिर नीचे चला गया तो वह चुपचाप अपने संग्रहालय में वापस चला गया।

उसने वहाँ एरिक का पाइप और तम्बाकू का थैला देखा, उन्हें प्यार से उठाया। बहुत अच्छी तरह से उसने उन्हें एक शेल्फ पर सावधानी से रखा और बगीचे में कुम्हारी करने के लिए लौट गया।

❑❑❑